Gálvez en Euskadi

Jorge Martínez Reverte

Gálvez en Euskadi

EDITORIAL ANAGRAMA
BARCELONA

Portada:
Julio Vivas

Primera edición: mayo 1983
Segunda edición: junio 1983
Tercera edición: mayo 1989

ISBN: 84-339-1250-X
Depósito Legal: B. 17321 - 1989

Printed in Spain

Libergraf, S. A., Constitució, 19, 08014 Barcelona

Para Ruth, que me soporta

Para Mario Onaindia y Esozi Leturiondo, guías comanches

Para Paramio y Paramio bis, porque sí

Sin mezclarse con viles criminales
que siempre van armados
de mísero puñal,
así bailaba el euskaldún,
raza viril,
al son del txistu y tamboril

Popular

ADVERTENCIA DEL AUTOR

El vasco, en sentido genérico, es de naturaleza noble, dotado de un sentido del humor prodigioso, poco dado al uso excesivo de la palabra y tan favorecido por la madre naturaleza que es capaz de hablar, desde la tierna infancia, un idioma ininteligible, sobre el cual las últimas investigaciones lingüísticas han llegado a concluir que no se trata de un invento para engañar a foráneos, sino que tiene entidad real. En cuanto a su apariencia externa se distingue por el tamaño proporcionado de sus apéndices auriculares y nasales, frente a otros pueblos tan escasamente dotados de semejantes atributos; tiene en la sangre el factor Rh negativo, fruto de un *pedigree* mantenido durante siglos contra viento y marea; además, distínguese por su recia musculatura y por el uso alternativo de *txapela* o paraguas negro de gran envergadura.

El autor adelanta tales características para que los amables lectores no tengan que perder tiempo en su búsqueda y no distraigan así la atención de lo que es esta narración, una novela en la que un señor va a un sitio y le pasan cosas.

Quiere también el autor señalar que, por supuesto, nada de lo que aquí se cuenta tiene que ver con la realidad, ni siquiera con la del autor. Item más, que la compañera del autor es una santa que no ha hecho sino velar para que la novela fructificara, proporcionando un rico caudal de ideas al respecto. Sobre la imagen que puede extraerse de la autoridad en general después de la lectura, hay que decir que no se trata sino de un recurso literario, venciendo quien esto escribió su natural respeto por la jerarquía para poder relatar actos de vandalismo como los que se refieren.

Por último, que también esta novela tiene que prologarse con algunos agradecimientos. En cualquier caso, habría sido posible, pero no habría resultado de la misma manera, sin generosas ayudas como las prestadas por personas como Patxo Unzueta, Alberto Elordi, José María López Alonso, Carmela Martínez y Perico Ruiz Balerdi. En sentido negativo, me proporcionaron abundante estímulo todos aquellos que intentaron disuadirme de escribir una novela en la que salieran vascos: «Y tú qué sabes de eso.»

I

Al entrar en las oficinas de la revista le vi. No podía ser más que él. Y eso que no llevaba puestas las *Rayban*. Chaqueta azul comprada en unos grandes almacenes, una corbata a rayas rojas y blancas, y un peinado de ejecutivo barato. Los pantalones, que caían en una discreta campana sobre los zapatos rojos, no hacían sino confirmar las sospechas.

Tuve una inspiración. No me cogería así como así. Con el mejor de los aires de inocencia, me dirigí a la telefonista que hacía las veces de recepcionista:

—Por favor, ¿sabe usted si ha venido Julio Gálvez?

No se dio por aludida:

—Ya estás con tus cosas, Julio —me respondió con una sonrisa encantadora—. Este señor te está esperando.

El tipo se levantó del asiento como impulsado por un muelle y me agarró de un brazo:

—Tengo orden de llevarle a la comisaría de Fuencarral. Esta vez no se me escapa.

Antes de irme voluntariamente con mi captor tuve tiempo de darle las gracias a la chica:

—Estás cada día más despierta, primor.

Nos dirigimos hacia la puerta sin que en ello hubiera ningún entusiasmo por mi parte. Cuando comenzaba a abrirla, apareció el director de la revista, quien se arrojó sobre mí con las mismas ansias que el policía:

—Julio, no te vayas. ¿Traes el artículo?

Pude contener a mi acompañante por algunos segundos y poner al corriente de mi situación a Oscar, el director de la publicación:

—Oye, este señor es policía. Supongo que es por lo del juzgado número 5. ¿Por qué no nos llevas en tu coche?

No hubo que decírselo dos veces. Se puso el abrigo rápidamente y se sumó a la comitiva. El policía se encogió de hombros y murmuró entre dientes que así se ahorraría el taxi. Componíamos un grupo curioso. El inspector me llevaba cogido del brazo, desconfiado de mi docilidad. Oscar iba al otro lado, de modo que entre ambos le teníamos rodeado, lo que le ponía nervioso, cosa que se podía comprobar por su constante oscilar de cabeza a uno y otro lado.

Subimos al coche. No estuvo muy dicharachero durante el trayecto.

—Podían hacer las cosas de otra manera —dijo Oscar—, no había ninguna necesidad de montar el numerito.

—Yo sólo soy un mandado —respondió el policía—. Llevo detrás de este señor más de un mes. He llamado por teléfono docenas de veces y no se ha dignado pasarse por la comisaría. No me quedaba otro remedio que acercarme a por él. Como si uno no tuviera otra cosa que hacer que ir a buscar a la gente.

Asistí a la discusión sin ninguna gana de participar en ella. La idea de comparecer ante el magistrado del 5 me asustaba. Era uno de los más duros con la prensa. De su despacho habían salido más de la mitad de las citaciones judiciales en los últimos meses. Yo había ido aplazando el momento de enfrentarme a él durante casi medio año. Se me hacía injusto acudir a declarar por un reportaje sobre una venta ilegal de pupitres a unos colegios nacionales cuando los responsables no habían sido llamados.

En la comisaría fui introducido en una sala de espera. Dejaron a Oscar que me hiciera compañía. Los bancos eran alargados y construidos a base de listones separados, de modo que al cabo de un rato la espalda me dolía a trozos del tamaño de los listones. Unas gitanas amenizaban la espera con su cháchara interminable mientras Oscar paseaba en silencio mirando su reloj con una constancia neurótica y fumando pitillo tras pitillo.

La gitana que se encontraba más cerca de mí, daba de mamar a un crío de casi tres años. Mientras hablaba con su compañera, nos echaba miradas alternativas al niño y a mí. Cuando el chaval quedó saciado, introdujo su enorme pecho izquierdo en el vestido con un gracioso movimiento y se dirigió a mí:

—¿Se la digo, señorito?

—¿Me dice qué?

—Que si le digo la buenaventura, que no sabe usted lo que le va a pasar, y por trescientas se la digo.

No tenía nada mejor que hacer, así que le entregué la mano después de comprobar que tenía lo suficiente para pagarla. Oscar miraba su reloj con furia creciente y murmuraba algo sobre las supersticiones al tiempo que el niño le imploraba una limosna. La gitana me estudió la mano unos segundos y compuso un gesto de astucia:

—¿No será usted zurdo?

Negué con la cabeza y retraje la mano.

—Ya decía yo —contestó de forma inmediata—. Con esta mano no podía ser zurdo. Si fuera zurdo me habría dado la izquierda. Si yo no me equivoco nunca, señorito.

Al tiempo que hablaba había retenido mi mano utilizando las dos suyas, previniendo mi intento de retirada. Estaba claro que no quería perder un cliente. Le echó un poco más de cuento a la observación previa, y prosiguió con su trabajo:

—Usted está metido en un lío con la policía.

Oscar, indignado, había apartado al niño con un disimulado pescozón y se acercó a cotillear. Echaba humo como una máquina y no escondía el poco crédito que mi perspicaz adivina le inspiraba. El niño comenzó a llorar por el trato recibido y la otra gitana se puso a chillarle para que se callara. Oscar, asaltado por una cierta mala conciencia, empezó a hablar en voz alta:

—Pues vaya tontería. Si está aquí es porque tendrá algún lío con la policía. Y al niño yo no le he tocado un pelo, que eso quede muy claro.

La cosa se complicaba. La madre se unió al coro de voces y empezó a pelearse con Oscar sin soltarme la mano:

—Seguro que usted lo hace mejor, so malaje, saborío, que no es más que un saborío, que no permite que una mujer honrada se gane el pan haciéndole un bien a este señor que sí que es educado.

La algarabía no paraba de crecer. El niño berreaba más cuanto más le gritaba la otra. Oscar y la adivina se peleaban a voces con acusaciones mutuas de intrusismo. Yo seguía silencioso, incrédulo ante lo que mis ojos y mis oídos percibían. Por fin, apareció un policía para poner orden. Se dirigió sólo a las dos gitanas:

—Ustedes se van ahora mismo de aquí —dijo empujándolas sin contemplaciones hacia la puerta—, y no quiero verlas ni un día más en la comisaría.

El lío prosiguió en la entrada con la voluntaria implicación de más personas. Un rato después, el policía que las había echado volvió al cuartucho:

—Estas mujeres son tremendas —dijo con acento fatigado—. Vienen casi todos los días para acompañar a algún pariente y no salen hasta que se va a la cárcel o a casa. Ahí afuera se les aclararán las ideas.

Oscar, con el rostro aún enrojecido por la ira, interrumpió su alarde de autoridad:

—Oiga, ¿queda mucho para que nos llamen? Yo tengo que ir a trabajar. Llevamos aquí...

Miró su muñeca para comprobar la hora y descubrió que no había nada sobre ella.

—Me han robado el reloj —aulló—, señor guardia, me han robado el reloj. ¡Ladronas! ¿Pero no va usted a hacer nada?

El guardia y Oscar salieron a toda prisa en busca de las gitanas. Yo agradecí el rato de silencio que me proporcionaban con su ausencia. Empecé a cavilar sobre lo que le tendría que decir al juez. Un rato después apareció el policía de paisano que me había ido a buscar a la revista. Se había aflojado la corbata y no llevaba puesta la chaqueta azul. La camisa estaba arremangada hasta la mitad de los antebrazos. En su cara se adivinaba que se encontraba cómodo en la comisaría, que ese era su terreno. Bajo el flequillo, los ojos le reían divertidos. Me observó unos segundos sin decir nada, y por fin se decidió a hablar:

—Le vamos a conducir a la Plaza de Castilla. El juez ha ordenado que le llevemos ahora mismo.

Salí con él y me entregó a dos guardias. Oscar estaba allí, contándole a un señor de edad avanzada lo sucedido con su reloj. Cada segundo se encontraba más cerca del ataque de apoplejía. Las gitanas habían escapado con el botín. El policía que había salido con él en la infructuosa persecución asentía a las explicaciones de Oscar cuando éste decía señalándole que «este señor estaba presente». Conseguí apartar a Oscar de su improvisado interlocutor para comunicarle que tendríamos que desplazarnos. Recuperó súbitamente su papel de director solidario y se unió al grupo. No le dejaron subir en la camioneta y se fue jurando en busca de su coche.

Una vez en los juzgados, fui conducido por los privilegiados vericuetos reservados a los delincuentes hasta el despacho que daba cobijo al juzgado número 5. El juez no iba a estar para tomarme la declaración. En su lugar, un secretario cincuentón se hacía el interesante mirando papeles con desgana para dejar claro que era él quien dominaba la situación, cuestión que yo no había intentado poner en duda. Oscar llegó un cuarto de hora después que nosotros, sofocado por el esfuerzo de la carrera. Su día tampoco mejoraba:

—No te jode con el detector de metales —dijo despectivo—. Me han tenido que dejar pasar después de hacerme la prueba cuatro veces. Ya ni eso funciona en este país.

El secretario no pudo ocultar su satisfacción al oír esas palabras. Oscar era la prueba evidente de que había más españoles que pensaban como él:

—Eso mismo digo yo. Aquí las cosas ya no marchan como antes. Nos hace falta una mano dura que nos lleve derechos. El español somos muy desordenado y anárquico.

Oscar no tenía remedio. Cualquier transgresión de las reglas de la gramática le ponía enfermo:

—No somos, es —dijo cortante.

—Pues claro que somos —le respondió airado el secretario—. La prueba es que en cuanto se nos da un poco de libertad dejamos de trabajar.

—Si no digo que no seamos. Digo que el español *es,* no *somos.* ¿Lo entiende?

Era evidente que no lo entendía. Le miró embobado, se comenzó a rascar la cabeza y se volvió a los guardias que miraban al techo haciéndose los locos para no participar en una batalla que les debía parecer absurda. No tuvo más remedio que volver a sus papeles para resolver la incómoda situación. Pero una ingeniosa idea le vino a la cabeza y la levantó con aire triunfal:

—Usted debe ser profesor, ¿verdad? Yo de por sí...

—De por sí, no. De por mí —le volvió a interrumpir Oscar.

—¿De por usted? ¿Por qué de por usted?

—No, si no es de por usted. Digo que no es de por *sí,* sino de por *mí,* ¿no lo entiende?

El secretario emprendió la retirada con un gesto de desesperación, y se dignó hablarme:

—Bueno, a lo que estamos. ¿Quién es Julio Gálvez?

Me levanté y permanecí de pie delante de la mesa a la espera de sus preguntas. No me dirigió ni una mirada. Se deleitaba en mis nervios mientras se dedicaba a pasar las hojas de mi expediente. Cada pocos segundos emitía extraños gruñidos, a buen seguro cargados de significado, que no hacían más que aumentar mi preocupación. Cuando consideró que ya había recibido un castigo suficiente se hurgó la oreja con un clip y, después de observar con fruición el resultado de la excavación, se dirigió a mí:

—¿Se reconoce usted autor del artículo «Los pupitres de rebajas» publicado en el número 327 del semanario *El popular* de fecha 4 de abril de 1979?

Asentí acompañando el gesto con un vacilante «sí». Las piernas me traicionaban con su progresivo temblor, al que contribuían no poco las miradas y los gruñidos del secretario. Su índice se escurrió por los folios mecanografiados antes de proseguir la tortura:

—¿Y se reafirma en lo escrito?

Un leve destello de apasionamiento le traicionó la voz. Parecía que la cosa iba en serio. Volvió a leer lo que decía el papel y me ordenó:

—Firme aquí.

Tenía ya una hoja de reconocimiento preparada. Estampé al pie mi firma antes de que Oscar tuviera tiempo de impedirlo:

—No firmes nada sin leerlo antes, idiota, uno de estos días te van a vender un coche a precio doble.

La cosa ya no tenía arreglo. El secretario apartó la hoja de nuestra vista y la metió dentro de una carpeta. La satisfacción le salía a chorros por sus carrillos congestionados.

—Eso es todo. Pueden irse. Pero la próxima vez —dejó pasar un tiempo antes de proseguir, y me apuntó con el dedo índice—, la próxima vez, se presentará usted cuando le llamemos a declarar. O lo pasará muy mal...

Nos dimos la vuelta sin emitir ninguna frase de despedida. Pero su orgullo herido no le permitió acabar sin rematar la faena:

—La justicia es implacable de por mí.

Oscar no tuvo, por suerte, respuesta para tan rotunda declaración. Antes de dejar definitivamente el despacho, pude observar cómo los guardias se miraban uno a otro y se encogían de hombros. Tampoco ellos parecían entender nada.

II

Al salir de los juzgados, pudimos comprobar que el coche de Oscar había desaparecido. Blasfemó repasando todo el repertorio a su alcance, e hizo ademán de volver a la comisaría para denunciar el robo. Con cautela le sugerí que hiciéramos una llamada a la Policía Municipal para ver si se lo había llevado la grúa. Apoyé mi argumentación en el hecho de que el hueco en que Oscar lo había dejado estaba flanqueado por dos señales azules con las siglas del Cuerpo Diplomático.

No le gustó nada que yo llevara razón. Le dijeron que el coche estaba en el depósito de Aravaca. El funcionario que contestó al teléfono debió quedarse estupefacto cuando Oscar le preguntó que si también tenían allí su reloj. Cuando salió de la cabina me dijo que debíamos ir a Aravaca en un taxi.

—Sí, no vas a tener más remedio —respondí.

Antes de que consiguiera arrojarme bajo las ruedas de un camión, le aclaré la situación:

—He salido del trabajo a las diez diciendo que volvería en seguida. Si no lo hago ahora mismo, me echan. Toma el artículo.

Me las arreglé para entregarle con una mano mi apasionante colaboración semanal sobre el origen de los nombres de las calles de Madrid, y parar un taxi con la otra. Su mirada reflejaba instintos asesinos cuando entró en el vehículo. No apreció nada mi actitud servil, digna del mejor cierracoches de Madrid.

No había tenido que pagar a la gitana. Las trescientas pesetas así ahorradas me servirían para llegar en pocos minutos a mi trabajo. Un empleo por el que sentía verdadero cariño, entre otras razones porque era mi única fuente regular de ingresos. Cincuenta mil pesetas mensuales sin descuentos, sin nómina y sin seguridad social por hacer de ocho a tres de la mañana el trabajo de un jefe de prensa que no aparecía nunca y ganaba el doble que yo.

La empresa, la KBB, era una multinacional sueca dedicada a la fabricación de todo tipo de rodamientos. Yo nunca había oído, antes de encontrar ese trabajo, que hubiera otro tipo de rodamientos que no fuera a bolas. Pero en aquel momento era capaz de disertar durante veinte minutos seguidos sobre las diferentes clases de rodamientos, sus usos y excelencias. Todo un chollo.

El atasco en la Castellana era monumental. El taxi me dejó en las oficinas, situadas en la calle de Serrano, a las tres y cinco de la tarde, por el módico precio de cuatrocientas veinte pesetas. Estuve tentado de preguntarle si él no iba a poner nada, pero me contuve. Consideré con buen juicio que no era una buena hora para que me partieran la cara.

Subí a toda prisa las escaleras, temiendo que ya no quedara nadie en la oficina y no poder justificar así que, pese a la tardanza, había llegado. Contra todas las previsiones aquello estaba lleno de gente. Lo que sólo podía indicar una cosa: el jefe no había salido aún. Me arreglé el nudo de la corbata y compuse mi mejor expresión de no haber abandonado el local en toda la mañana, adoptando un aire ocupado al pasar por delante de los despachos. Era inútil. Consuelo, de quien yo solía decir para tirarme un farol que era mi secretaria, me desengañó:

—Julio, el jefe no hace más que preguntar por ti. Algo gordo se debe estar cociendo, porque están en su despacho un señor sueco y nuestro dinámico jefe de prensa. Ve allí cuanto antes.

No había manera de cubrir los flancos. Los años, para colmo, no me servían de nada: las piernas me temblaron por segunda vez en una sola mañana y comencé a fabular las situaciones más tenebrosas. Por otra parte, reconocí que los temblores eran naturales: en mis trabajos nadie me había llamado nunca si no era para meterme en un jaleo o darme algún disgusto. Hice acopio de valor y entré en el despacho del jefe tras hacer una discreta llamada a la puerta.

Los lobos me esperaban agazapados. Tres caras blancas como paredes se volvieron hacia mí. Me ajusté de nuevo el nudo de la corbata y procedí a presentarme:

—¿Me buscaban? —dije—. Es que tuve que salir a un recado y no he podido volver antes. Siempre que sucede algo similar recupero el tiempo haciendo horas sin cobrarlas.

Ya me había pasado. Estaba claro que no tenía por qué haber hablado del tema. Por esta vez no les importó un comino. El gerente de la empresa, el señor Trapero, me presentó al sueco desconocido. Había en su voz una valoración de mi persona que yo nunca había captado con anterioridad.

—Mire Gálvez. Este es el señor Therborn, Bjorn Therborn. Tiene mucho interés en hablar con usted para que realice un trabajo especial para la casa. Ha venido directamente desde Estocolmo para hablarle de ello.

Algo olía muy mal en todo aquello. Yo estaba en la empresa para recortar papeles y redactar notas repletas de interés tales como «Inauguración de una nueva planta de rodamientos en Vitoria...» o «La KBB diversifica su producción en Malawi...» La sola mención de que un tipo venido de Suecia quisiera hablar conmigo me ponía los pelos de punta. Le estreché la mano, o mejor dicho, me la estrechó él a mí, cordialmente, poniendo sus ojos en los míos con un gesto propio de un comprador de caballos para el matadero. Con un simple movimiento de manos ahuyentó a mi jefe directo y quedamos él y yo a solas con el gerente. El sueco hablaba un correcto castellano:

—Yo no me gusta andar por ramas. Tenemos necesidad de usted que realice un trabaja. Un trabaja no fácil.

El idiota del gerente asentía a sus palabras con movimientos de cabeza, muy concentrado, aparentemente al menos, en las explicaciones del sueco y subrayaba con un especial gesto de aprobación cada giro lingüístico que éste hacía. Formaban un curioso contraste. El señor Trapero era bajito y poseía un prominente abdomen. Era un cincuentón con el pelo casi cubierto de canas. Lo más llamativo en él eran sus cejas pobladas por una abundante ración de pelos distribuidos de forma anárquica. Poseía unos ojos acuosos de color azul dignos de un violador de película francesa. El sueco era la viva imagen de un nórdico de guía turística. No tendría más de cuarenta años, de aire deportivo y barbilampiño. Alto y sin una sola mota de grasa en el espigado cuerpo.

—Un trabaja nada fácil —insistió—. El director de fábrica de Vitoria es desaparecido de dos días.

Supe de inmediato lo que querían de mí y les demostré mi enorme capacidad de reacción:

—No se preocupen. No hay el más mínimo problema. Aunque sea la hora que es, voy a redactar una nota para la prensa.

El señor Trapero manoteó sin intervenir. Fue suficiente para que me apercibiera de que no era eso lo que querían de mí. Me rendí a la evidencia y me dispuse a escuchar con mayor cautela. El sueco se volvió hacia Trapero preguntándole con la mirada si valía la pena seguir perdiendo el tiempo conmigo. El otro se encogió de hombros. Me dieron otra oportunidad.

—Se trata de lo contraria —siguió hablando el sueco—. Nadie debe conocer este suceso.

Se detuvo por un momento en la explicación para observar si yo era capaz de digerir mejor la información en pequeñas dosis que los párrafos largos. Tuve una idea brillante, pensé que lo que pretendían era que callara a la prensa, pero me contuve y esperé a que prosiguieran informándome. El sueco quedó satisfecho con mi actitud silenciosa y se dispuso a continuar:

—El señor Unzueta, el director, desapareció cuando iba a pagar diez millones de pesetas al ETA por impuesta revolucionaria. Usted tiene que encontrar para saber sucedido. Si el ETA quieren más pesetas, se paga. Pero nadie tiene que enterar de asunto.

—Bueno —balbucí—, pero yo no conozco a nadie de ETA. Quizás el jefe de la sección les pueda ayudar mejor que yo. El es un hombre muy informado. Yo, en realidad, hace mucho que no trabajo en prensa. Una chapuza aquí, otra allá, cosas de nada...

Me interrumpió:

—El jefe de prensa tampoco debe enterar. Trabaja para agencia de noticias. Nadie más que nosotras debe saber. Si alguien entera, hay muchos problemas para KBB. Gobierno pondrá dificultades para ampliación de capital y de fábrica.

Trapero se sintió ahora en la obligación de intervenir. Y lo hizo con calor:

—Gálvez. Usted es el único hombre de la empresa que puede realizar este trabajo. Es periodista, tiene olfato, sabe cómo llegar a la gente, cómo obtener información... y, sobre todo, no tiene trabajo. Eso le da tiempo y le resta posibilidades de filtrar la noticia. Por supuesto, cuente usted con una buena gratificación cuando acabe lo que le estamos encomendando.

Aquello era una barbaridad. ¿Cómo iba yo a meterme en un asunto de tal envergadura? No sabría ni cómo empezar. Además, no me atraía nada la remota posibilidad de conseguir entrar en relación con ETA. El sueco interrumpió mis cavilaciones:

—Yo misma decido que es usted la persona mejor para trabaja. Sus jefes no tienen gran opinión de usted —prosiguió mientras Trapero se sonrojaba y rechazaba tal aseveración a espaldas del sueco—, pero yo opina que usted puede hacer. Si no acepta, se acaba también el otro trabaja.

Aquello disipó mis dudas y me insufló un gran entusiasmo. Ya era hora de que alguien confiase en mí y me encargara algún trabajo remunerado sin pedir nada a cambio y sin chantajearme. Emocionado por tan buena disposición hacia mi persona emití un inaudible «bueno». El trato estaba hecho.

—Mañana ir a Vitoria. Todo es preparado. Tiene cuenta abierta a su nombre en banco de crédito alavés y puede usted usar todo dinero que necesita. Pero tiene que encontrar Unzueta pronto, muy pronto, antes que los periódicos enteren.

Mientras hablaba, intenté encontrar alguna otra solución que fuera más adecuada a sus ojos. Le di vueltas a la cabeza como si se tratara de un exprimidor automático de naranjas. Quemé el último cartucho:

—El abogado de la empresa en Vitoria podría solucionarlo mejor que yo.

—Ya pensado eso. Abogado de KBB en Vitoria es jefe de Alianza Popular. El no negocia con ETA. No debe se enterar.

Le agradecí una cosa: no me dio palmadas en la espalda cuando me despedí de su presencia. Era una muestra de tacto por su parte. Me habría hecho sentir más idiota. Se limitó a estrecharme la mano otra vez. A Trapero le dejé con la suya en el aire, colgando con los dedos abiertos como un racimo de plátanos. A pesar de ello, me acompañó hasta el pasillo. Allí se quitó la espina por no haber podido intervenir lo que él habría querido:

—Gálvez —dijo con emoción—, no sabe usted lo que esto significa para la KBB. Si el gobierno se entera de que hemos negociado con ETA, todos nuestros planes de expansión pueden irse al garete, y la ayuda oficial iría a parar a manos de nuestros competidores japoneses. ¿Se da cuenta de lo que eso significaría? Saque a Unzueta con vida de este lío y tendrá nuestro agradecimiento, nuestro generoso agradecimiento —y recalcó lo de generoso.

Era un hombre tenaz Trapero. Me agarró la mano en un descuido y la agitó con entusiasmo. No dejé escapar la ocasión de valorar mi responsabilidad:

—No tema, Trapero, los japoneses no pasarán.

Fue un buen golpe. Me quedé realmente orgulloso de mí mismo. Trapero no tenía sentido del humor ni del ridículo. Mi frase le empañó los ojos. Se volvió hacia el despacho donde le esperaba el sueco enjugándose unas lágrimas mal contenidas y emitiendo un rosario de gracias adornadas por sollozos.

En mi despacho estaba aún mi jefe directo, José Luis Martín. Era un viejo compañero de la Escuela de Periodismo, y la persona que me había conseguido el empleo. Trataba de que yo no olvidara nunca ese dato. Yo por mi parte intentaba que él se diera cuenta de que todo el trabajo recaía sobre mis hombros y que no tenía por qué estarle agradecido. Mostraba una expresión irónica y no ocultaba que estaba allí únicamente para esperarme. Todos los papeles estaban recogidos sobre su mesa, apilados en montoncitos regulares. José Luis se dedicaba a golpear rítmicamente con ayuda de un lapicero sobre el espacio de mesa que restaba libre. Por si quedaba alguna duda de sus preocupaciones, se lanzó directo al grano:

—¿No irás a por mi puesto?

Le respondí negativamente con un gesto de cabeza, mientras recogía de mi mesa mis objetos personales. Su curiosidad no llegaba más allá. Una vez aclarada la cuestión que le preocupaba, se encogió de hombros y se marchó.

La secretaria estaba allí también con el único motivo de esperarme. Me alargó un sobre en cuyo reverso figuraba mi nombre escrito con grandes caracteres. Una vez cumplida su misión, abandonó también el despacho. Pensé que, a excepción del emotivo Trapero, todo el mundo en la empresa iba adquiriendo la bonita costumbre de no despedirse nunca.

El estómago se negó a que abriera el sobre antes de proceder a proveerlo de alimento. La única dificultad para cumplimentar semejante trámite consistía en que había gastado mis últimas reservas de dinero en el taxi. Llamé a Maribel por teléfono. La última vez que me había echado de su casa había sido tres semanas antes. Ya no me guardaría rencor. Alteré unos pocos datos para convencerla de que me invitara a su casa. Le dije que echaba mucho de menos su presencia, que comer juntos era una buena manera de reencontrarnos. Debí impresionarla profundamente, porque me instó a que me apresurara en llegar.

A las cuatro de la tarde tocaba al timbre de la puerta. Me abrió con el abrigo puesto y el bolso en la mano. Desbordaba ternura por todos sus poros:

—Anda, que podías haber tardado más. En la cocina tienes huevos y algo de jamón.

Me besó en la mejilla de forma apresurada. El tipo que iba con ella no me besó. Ambos desaparecieron por el ascensor mientras yo le explicaba al botón de llamada que no quería molestar, que si lo preferían me iba a comer a otra parte. El botón permaneció en un piadoso silencio, escuchando en solidaridad conmigo las risas que llegaban procedentes del hueco. Entré con porte erguido en la casa y me dispuse a engullir los huevos.

Consumida la abundante comida consistente en dos huevos fritos, una loncha de jamón algo seca y cuatro rodajas de pan de molde, me desplacé al salón. Abrí el paquete y lo extendí sobre una mesa baja después de haber quitado de encima todo lo que estorbaba. Había un talonario de cheques del banco mencionado por el sueco y un sobre con treinta mil pesetas en efectivo; además, un informe redactado en inglés con el título «ETA: A confidential report», y firmado por el «KBB Sociology Group», documento ilegible para mí, dado el nulo conocimiento del inglés que yo poseía. Por último, una fotocopia de una carta dirigida a Unzueta con el sello de ETA a modo de firma.

La carta comenzaba con un tono prometedor: «La burguesía vasca, esa clase social a la que usted pertenece, colaboró en la anexión de parte de nuestro país al Estado español, olvidando su origen nacional, su cultura, en aras de sus intereses económicos; una nación, una cultura que no sólo le pertenecían a ella, sino a todo nuestro pueblo».

Luego ya resultaba menos divertido: «Así pues, antes del 31 del presente mes de enero, deberá tomar contacto con el señor Otxia en los medios vascos de San Juan de Luz, Biarritz o Bayona, a quien hará entrega de quince millones de pesetas en billetes usados de numeración discontinua o, en su defecto, en francos franceses equivalentes a la cantidad citada».

La cariñosa misiva acababa con una breve referencia a la posible eliminación física del receptor de la carta en caso de no aceptar las condiciones exigidas, y se cerraba con una serie de *goras* y la firma de ETA.

Mi cerebro empezó a trabajar como una máquina bien engrasada. La carta daba como fecha tope para la entrega del dinero el día 31 de enero, y estábamos a 26. Unzueta había desaparecido el 24. Se había dado bastante prisa en conectar con ETA. Luego, había una segunda irregularidad aparente: en la carta se pedían quince millones, y Unzueta, según el sueco, había acudido con diez. Eso podía aclarar las cosas. Estarían a la espera de recibir los otros cinco millones de pesetas. Si funcionaba de una manera tan eficaz la oficina de recaudación como la carta daba a entender, estarían a punto de entrar de nuevo en contacto para solicitar el resto del dinero. Aunque, eso parecía incuestionable, habría sido mucho más fácil soltar a Unzueta y exigirle que volviera con los cinco millones. Retenerle parecía una decisión sin sentido alguno.

Me quedaba el papel en inglés. La curiosidad me quemaba, así que decidí intentar la traducción por las bravas. Me preparé para la tarea: rodeé de cojines mi espalda y coloqué delante de mí un completo equipo de traductor consistente en un gran cenicero, un diccionario inglés-español, un bloque de cuartillas y dos bolígrafos. Me serví una copa de coñac y dejé la botella a mano. Con todo eso era imposible que no resolviera el problema del idioma. Para mayor comodidad, me quité los zapatos y dejé que los pies se arrugaran solos emitiendo chasquidos de placer.

Cuatro copas más tarde los resultados eran menos alentadores de lo que había previsto:

«ETA es una terrorista vasca organización en norte España. Sus objetivos siendo independencia y socialismo... Vizcaya (*has*) en mayor per cápita producto en el conjunto de España... La dominación del financiera capital y pesada industria hace su peso caído...»

No era mucho, desde luego. Lo único que de ahí se podía concluir era que los problemas de expresión de los extranjeros de habla inglesa tenían una fuerte base lógica. Un dulce sopor me invadía lentamente por obra y gracia del coñac y la calefacción central. No sé cuánto tiempo permanecí dormido sobre el sofá con los pies colocados encima de la mesa. Una voz destemplada me apartó de mis sueños:

—¿Qué, se está a gusto en mi casa?

Maribel estaba frente a mí y gritaba sin la menor consideración para un despertar de siesta invernal. Detrás de ella, el mismo tipo con el que había salido de la casa se encontraba apoyado en el quicio de la puerta con las manos en los bolsillos y los ojos llenos de asombro. Paré los gritos de Maribel con un movimiento de la mano derecha en señal de rendición. La cabeza me dolía como sólo puede doler en una resaca temprana. Pude enderezarme con gran esfuerzo y explicarle a Maribel qué era lo que quería de ella:

—Necesito que me traduzcas una cosa del inglés. Es muy importante para mí. Si no, no habría invadido así tu casa.

—Y con eso lo explicas todo, ¿no? —y volvió a levantar la voz—. Te bebes mi coñac, te duermes en mi sofá, te comes mis huevos y dejas mi casa como si fuera una cuadra. ¿Es que no tengo derecho a que me dejes en paz?

Tuve la tentación de iniciar una apacible discusión sobre su tan acentuado sentido de la propiedad, pero con buen juicio la aplacé para otro día. Su casa, sus huevos, su coñac y su sofá me preocupaban menos que la traducción del inglés.

El tipo de la puerta se sintió entonces obligado a intervenir, viéndome allí a merced de quien quisiera patearme. Se acercó con gesto amenazador y un ligero contoneo chulesco:

—Si quieres, le echo —le dijo a Maribel, ahuecando la voz.

—Tú te callas —le respondió Maribel—, esto no es asunto tuyo.

El tipo me perdonó la vida por el momento y volvió a ocupar su lugar en la puerta. Era una ocasión que no podía desperdiciar. Ahuequé la voz y me dirigí a Maribel:

—Si quieres, le echo —dije.

Una de las mejores cualidades de Maribel era la de cambiar de humor rápidamente, aunque podía ser también uno de sus peores defectos. Pero esta vez la providencia jugó a mi favor. Le dio la risa floja.

El otro no sabía perder. Se volvió indignado hacia la puerta de la calle. Maribel, casi llorando de risa, intentaba detenerle entre carcajadas:

—Rafa, vuelve, vuelve.

Pero la voz le salía como un gemido trompicado, y Rafa se marchó.

III

Entre risas incontroladas y frases de despecho, Maribel tradujo el informe. Después de una plomiza descripción sobre las causas del terrorismo y su historia, que revelaban que entre los autores había fieles seguidores del manual de materialismo dialéctico de Marta Harnecker, se llegaba a algunas conclusiones que tenían cierto interés práctico. Los miembros del equipo habían consultado sus computadores y habían deducido que entre los chantajistas y los chantajeados hay una relación de honorabilidad muy particular.

«ETA no puede hacer daño a los que cumplen con sus exigencias. Si matara a alguien que hubiera pagado el impuesto revolucionario o cambiara las condiciones originales, podría encontrarse con una reacción contraria al pago que dejaría a la organización sin ingresos.»

En suma, que Unzueta tenía que estar vivo, si la sociología sueca era algo más exacta que la de la Harnecker.

Terminada la traducción, invité a Maribel a cenar. Las treinta mil pesetas me escocían en el bolsillo y se lo había ganado a pulso. Se puso ciega de tanto comer. Para terminar de cobrar sus servicios, me obligó a invitarla a bailar y me impuso el lugar, uno «muy divertido que hay en la calle Jardines».

A la puerta del local tan presuntamente divertido, un tío que superaba a duras penas los dos metros de estatura nos sometió a un prolijo examen visual. Debo reconocer que me miró a mí tanto como a Maribel, así que decidí no molestarle. Estaba cumpliendo con su trabajo. Bajamos las escaleras y tuvimos que esquivar a un par de tíos borrachos. Abajo, el ambiente era delicioso. Una música estridente que bailaban centenares de personas apelotonadas.

—¿Verdad que es muy divertido? —insistía Maribel, a gritos, cuando la marea de gente en que nos sumergimos nos permitía acercarnos el uno al otro de manera fugaz.

Nos abrimos paso a codazos hasta una especie de gradas desde las que se podía observar a la gente bailando y el inacabable discurrir de quienes no renunciaban a poseer una mesa. No me sentía muy a gusto allí, pero soportar aquello era la condición previa para conseguir que Maribel se apiadara de mí y me adoptara por aquella noche. Hacía mucho tiempo que nadie me adoptaba por una noche. El corazón humano siempre se resiente de las soledades prolongadas.

Una vez llegamos a las gradas, Maribel recordó, «qué tonta soy», que las consumiciones se recogían en la barra, al otro lado de la marea humana. Dudé en hacerlo, pero mi cuerpo me seguía recordando la soledad de los últimos veinte días y me convenció.

Fue una experiencia dolorosa atravesar de nuevo aquello, conseguir que el camarero me hiciera caso, esperar que me sirvieran los dos gin-tonic y volver con algún resto de ellos hasta la grada. Maribel ya no estaba allí. Se habría cansado de esperar. En su lugar, un individuo bajito, un poco calvo y con bigote se escondía del resto de la clientela detrás de unas gafas de miope. Me senté a su lado y guardé el vaso de Maribel entre los pies para que no cayera al suelo. Al cabo de un buen rato, descubrí su figura danzando entusiasta en la pista. Frente a ella, con graciosos movimientos de marinero marsellés, bailaba Rafa. Algo me crujió por dentro y apuré uno de los vasos casi por completo. Lo dejé a mi lado y comencé a trabajar el segundo.

—¿Una mujer? —preguntó de improviso mi vecino el miope.

No me molesté en darle una respuesta al intruso. Me limité a tragar un tercio del vaso de un solo trago. El gas de la tónica era demasiado fuerte y me impidió liquidar el vaso entero.

—Nunca deje que una mujer llegue a domesticarle, amigo

—insistió el vecino arrojándome un aliento de 96 grados—. Si quiere otra copa, yo le invito —añadió tanteándose con ostentación el lado izquierdo del pecho a la altura de la cartera.

Le dije que no y con un gesto similar al suyo le indiqué que la ronda correría por mi cuenta. Sin decir una palabra más, tragué el resto del contenido de mi vaso y me dirigí con él hacia la barra. A medio camino, mi nuevo compañero descubrió una mesa libre y me obligó a tomar asiento. Con una rara autoridad consiguió que el camarero se acercara. Comencé a admirarle. Esa es una habilidad que siempre he respetado. Pidió un gimlet para él y otro gin-tonic para mí. Después, se apoltronó en el incómodo asiento y se puso a contemplar las evoluciones de las masas en la pista de baile. Se volvió a mí con aire de hacerme una trascendente confidencia:

—El gimlet deja chiquito al martini.

—Marlowe —le respondí.

Suspiró y de sus ojos saltó una chispa de reconocimiento. Pero no estaba dispuesto a hacer concesiones así como así. Me habló desde el púlpito de la experiencia:

—Yo leía a Chandler antes de que tú hubieras tomado la primera papilla —se jactó.

—Es posible —contesté escuetamente, mientras volvía a buscar con la mirada las ondulaciones de Maribel sobre la pista. A renglón seguido le aclaré a mi vecino cuál era mi filosofía aquella noche y en aquel sitio:

—Lo bueno de estos lugares es que no tiene uno que hablar.

Asintió y frunció los labios a modo de reconocimiento del gran valor que tenía mi observación. Ambos nos callamos.

El camarero interrumpió nuestras cavilaciones. Con infinita maestría situó ante nosotros las copas y anunció que eran cuatrocientas. Eché mano al bolsillo para abonárselas. Mi compañero desplazó su brazo izquierdo para detener mi movimiento al tiempo que con la mano derecha se llevaba la copa a los labios. Paladeó el líquido ambarino y levantó la cara:

—Esto es una basura —escupió.

—Es lo que usted me ha pedido y son cuatrocientas —repuso

el otro—, así que págueme y pida si quiere el libro de reclamaciones. Se lo darán con mucho gusto en la barra.

—No voy a pagarte, hijo —se reafirmó mientras impedía con otro gesto enérgico que yo resolviera el asunto por las buenas—. No pienses que voy a pagarte esta basura.

El camarero se volvió sin inmutarse y se dirigió a la barra. Presentí lo que iba a suceder a continuación y urgí al miope para que nos largáramos de allí:

—Será mejor que desaparezcamos. Por cuatrocientas pesetas no vale la pena meterse en un lío. No entiendo por qué quiere usted armar un follón.

—Hace tiempo decidí que nadie me iba a pisotear y marcharse de balde. Si quiere usted, váyase. Pero no pienso permitir que pague esta porquería. Márchese y deje que yo arregle este asunto.

Quedarse era una estupidez. Y yo estaba harto de hacer siempre estupideces. Así que me quedé. No tardó en volver el camarero. Pero no venía solo. Le acompañaban dos más. Uno de ellos, la bestia de la entrada. Aprecié en esos momentos que no sólo sobrepasaba los dos metros de alto, sino también de ancho. Se ganaba bien el sueldo que le pagaran a fin de mes. Le faltaba únicamente babear para completar la imagen feroz que debieron exigirle en la agencia de colocaciones para darle el puesto.

El que parecía ser el jefe se dirigió a mi compañero. Para alivio mío, me tomaban por un simple comparsa, lo que no está tan mal en ciertas ocasiones. Los otros dos se situaban un poco por detrás del mandón y nos arrojaban miradas capaces de congelar el corazón de un fiero pirata indonesio.

—Me dice el camarero que no ha querido usted abonarle la consumición —dijo por fin el jefe.

—No es una consumición. No pienso consumir esta basura —respondió el miope.

—Entonces, hagan el favor de marcharse, si no quieren tener un lío.

Acepté la invitación sin hacerme de rogar. Y levanté a mi compañero. Nos dirigimos hacia la salida escoltados por los tres empleados. Comencé a sentir un cierto alivio que me recorría el cuerpo desde las piernas hacia arriba. En el recodo de la escalera, por el espejo allí situado, comprobé que aún nos escoltaban, y esto volvió a descomponerme algo. Más que hablar susurré:

—Vamos más aprisa. Vienen detrás.

Su rostro seguía impasible. Con voz pausada y sin volver la cabeza me respondió:

—La mejor manera de dominarles es hacerles ver que no tenemos ningún miedo. Haga todo lo que me vea hacer a mí. Y no se le ocurra perder los nervios.

Pocos momentos después me obligaron a hacer lo mismo que a él. Al llegar a la salida había cuatro camareros más esperando ansiosos nuestra aparición. Ambos nos doblamos por efecto de los primeros golpes. Ya no me consideraban al margen de la situación, me daban el mismo tratamiento privilegiado que a mi compañero. Siempre hay que ver el lado bueno de las cosas. Sentí que me tiraban del pelo hacia atrás mientras alguien me golpeaba ferozmente por todo el cuerpo con seis manos a la vez. Oí gritos, algunos de los cuales eran míos. Mis puños, movidos al azar, chocaron con algún hueso, y mis piernas se agitaban de un lado a otro intentando contener la avalancha de golpes. De pronto me encontré en la acera. Pude ver cómo uno de los camareros se acercaba hacia mí para propinarme el último recuerdo de la noche. Entonces sonó una detonación. Los seis que se arracimaban sobre el cuerpo del miope se dispersaron en pocas décimas de segundo. De la mano de mi accidental compañero colgaba un revólver. Con la mano libre, la izquierda, se ordenaba las ropas.

—Ahora —dijo—, esténse quietos un rato. Porque si no lo hacen es posible que venga otra vez con algunos compañeros.

Se acercó a mí y me ayudó a levantarme. Nos alejamos hacia la calle de la Montera y tomamos un taxi, dejando a nuestros agresores agazapados en la puerta del club.

—Es usted policía —dije, mientras intentaba recomponer mi desaliñado aspecto.

No respondió a lo que no era una pregunta sino una conclusión bastante fundada. Se dirigió al taxista y le pidió que nos llevara a Malasaña. Sacó su cartera y ojeó un papelito cuidadosamente doblado para añadir:

—A un sitio llamado *La Manuela,* en la calle de San Vicente Ferrer.

Era de una infinita petulancia. Y sobre todo me había metido en un fregado de mil demonios. Jamás podría volver a aparecer por aquel sitio. Pero me resigné a mi suerte, pensando que en ningún caso habría querido volver, y le acompañé sin resistencia. De todas formas, me sentía seguro al lado de aquel individuo bajito y rechoncho que sabía manejar pistolas.

Tuve que servirle de cicerone por todos los bares de Malasaña. Las copas le atravesaban la garganta sin provocar en él efectos visibles. Yo seguía una técnica similar a la de las camareras de las barras americanas, dejándole beber y bebiendo lo menos posible. Sin embargo, no estaba más borracho que yo. O no lo aparentaba. Me interrogaba con frases cortas y precisas acerca de las gentes del barrio y sus relaciones con las otras gentes que poblaban sus noches. Yo le respondía con vaguedades que tuvieran aspecto de ser frases inteligentes.

Las primeras señales de que la borrachera era inminente se produjeron de forma brusca. Su charla se hizo algo más locuaz e inmotivada. Luego de un largo silencio delante de una caipiriña, me dijo de sopetón:

—Yo he sido de la CIA y del PSUC.

Su mirada iba más allá de mí. Aquello me pareció excesivo, pero decidí seguirle la corriente, como todo buen borracho debe hacer con otro borracho. Con tono jovial le pregunté que quién pagaba mejor, si los rusos o los americanos. No se dignó alterar el gesto para contestarme:

—He dicho del PSUC, no del PCUS. El PSUC es el partido de los comunistas catalanes. Quiero ir a dormir.

Le acompañé a su hotel en un taxi. Se hospedaba en la plaza de la Opera. Cuando se apeó intentó meterme un fajo de billetes de cien pesetas en el bolsillo para pagar su parte en la carrera. Le rechacé el dinero. Pero no había forma humana de conseguir que se marchara. Mantuvo la puerta abierta contemplándome con sus ojos oscuros a través de las gafas de montura metálica:

—No sé si podré dormir. Anoche, al acostarme, vi en el espejo un hombre ahorcado que me sonreía. Si alguna vez me necesita, búsqueme.

Y me alargó una tarjeta. Cerré la puerta y el taxista hizo lo propio con el periódico que había tomado para soportar nuestra despedida de borrachos. Cuando el coche arrancó en dirección a mi casa, leí la tarjeta. El nombre escrito era el de José Carvalho, y su profesión la de detective privado. Esperé no necesitar nunca de sus servicios.

Antes de acostarme preparé una bolsa con ropa. En una cartera de plástico que pretendía imitar al cuero, regalo de un laboratorio farmacéutico, introduje toda la documentación que me había pasado el sueco. Luego, me metí en la cama. Tuve suerte, ningún ahorcado me sonrió desde el espejo, entre otras razones porque no tenía espejo. Luego, soñé que un batallón de etarras y suecos vestidos de camareros me perseguían para matarme.

A las doce de la mañana me levanté después de haberme despertado una docena de veces con sobresaltos. Me duché con cuidado, para no molestar mucho a los hematomas dejados por los camareros y me juré dejar la bebida. Despaché dos tazas de café instantáneo con leche y comí el equivalente a tres o cuatro galletas que estaban desmigadas en el fondo de una bolsa de plástico transparente. Compré el periódico de la mañana y me dirigí a la estación de Chamartín en un taxi, dispuesto a cumplir mi misión. En el bolsillo interior de la chaqueta reposaba una flamante libreta de papel cuadriculado destinada a contener todos los datos que fuera pertinente ir apuntando. La abrí y escribí una primera frase: «La vida es una emoción tras otra», y añadí la firma del autor: Snoopy.

En la estación llené la bolsa de libros, revistas y paquetes de tabaco. Tomé un bocadillo de chorizo con un lejano regusto a bacalao y me embarqué en el Talgo. Me recibió un confortable asiento de primera, comprado después de una dura lucha con mis escrúpulos de miserable habitual.

Vitoria me esperaba.

IV

La mujer de Unzueta respondía perfectamente a la imagen que uno se hace de la esposa de un alto ejecutivo. Se trataba de una cuarentona bien cuidada, hasta el extremo que no parecía dedicarse a otra tarea más productiva.

Me había citado a las diez de la mañana, cosa que no me importó nada después de haberme metido en la cama antes de las once para reponer fuerzas. A las diez en punto estaba ya tocando el timbre de su puerta. Me abrió con un cuidadoso margen de quince segundos.

Tenía unos hermosos ojos verdes, resaltados por una fina capa de rimmel en las pestañas, y una boca de labios gruesos pintados de color granate. El pelo, castaño oscuro, iba recogido en un moño, y parecía vestida para ir a tomar el té: un traje de chaqueta de buen corte de color también granate, tacones discretos, y una blusa de seda blanca desabrochada lo justo para insinuar sin ofrecer a la vista nada que pudiera parecer inconveniente.

Aceptó mi mano al presentarme y me hizo pasar a un salón amplio, amueblado con una acertada mezcla de diseño nórdico y piezas de anticuario. Sobre una mesa baja humeaba una cafetera recién preparada. Sin consultarme, sirvió dos tazas. Su naturalidad de movimientos hacía que yo me sintiera cada vez más embarazado y rígido. Me senté y conseguí tomar la taza que me ofrecía sin derribar la mesa, lo que me satisfizo profundamente.

—He llamado a la sede de la empresa en Madrid y me han confirmado que es cierto que usted trabaja allí, pero no comprendo aún qué puede querer de mí en ausencia de mi marido, señor... ¿Gálvez? —dijo a modo de introducción.

—Sí, Gálvez, Gálvez —repuse con presteza, y mi apellido se me antojó ridículo.

—Le escucho, señor Gálvez.

Su voz no se distinguía ciertamente por la calidez, aunque me pareció que podía ser muy insinuante si aprovechara algo mejor el registro grave, pero opté por no recomendarle nada al respecto.

—Bueno, señora, no hay mucho misterio. Sólo queríamos saber cuándo vuelve su marido. Hay pendientes algunas gestiones en Madrid que sólo pueden realizarse con su colaboración.

—Y para eso, ¿no bastaba con telefonearme? Además, ¿no informa mi marido a la dirección de la empresa de cuáles son sus movimientos? —me respondió con el tono algo subido.

Me había metido en un auténtico lío. Yo venía a preguntar y ahora tenía que improvisar respuestas a toda velocidad.

—Bueno... yo, claro que podíamos telefonear, pero es que yo tenía que venir en todo caso y, bueno, su marido tiene autonomía, y no es que no nos llame, bueno, quiero decir que no es que no llame a la dirección, sino que, bueno, que tiene autonomía y a lo mejor no dice cuándo va a volver, por ejemplo, y en la empresa aquí, pues menos todavía, y yo pensaba, pues bueno, que usted a lo mejor lo sabía. Eso es lo que quiero decir.

Hice agotadores esfuerzos de autocontrol. A pesar de ello, la cara me ardía, y según se acentuaba el calor en mi rostro, la expresión de la mujer de Unzueta se volvía más y más irónica. Sus ojos seguían sin ninguna piedad los vaivenes que el café daba a uno y otro lado de la taza. Cuando acabé la exhibición de todas mis facultades oratorias, hizo el favor de responderme sin regodearse en mi turbación:

—Sigo sin entenderle nada, señor Gálvez —y acentuó lo de Gálvez—, así que le propongo un intercambio de información. Mi marido se despidió de mí hace tres días y me dijo que iba a realizar unas gestiones al sur de Francia, que no sabía el tiempo que le llevarían, pero que no me preocupara si tardaba más de una semana. Me dijo también que era posible que no pudiera llamarme por teléfono. Ahora, ¿qué sucede, señor Gálvez?

—Yo pienso como su marido, señora Unzueta, que no debe preocuparse. Las gestiones son gestiones de la empresa y, en fin, no la molesto más...

Cortó con una mirada autoritaria mi intento de fuga. Me dejé caer mansamente sobre el sofá y acepté el cigarrillo que me ofreció. Me dio fuego y se quedó mirándome a los ojos como si quisiera traspasarme con la mirada. Esperó hasta que no tuve más remedio que intervenir:

—Yo tampoco sé mucho más. Soy el último mono de la empresa, señora, un simple empleado del gabinete de prensa, sin nómina ni seguridad social. No puedo decirle nada más que eso, sólo que dependo de su marido para hacer un trabajo aquí.

Dio un suspiro apenas audible. Por su rostro pasó un amago de irritación que me puso los pelos de punta, pero se contuvo y dejó traslucir una enorme frialdad:

—Está bien, señor Gálvez. Váyase si quiere. Yo no puedo impedírselo, igual que no puedo darle más información sobre el paradero de mi marido. Pero sepan ustedes que la historia no cuela. Es evidente que tampoco en la KBB saben dónde está ni qué está haciendo. Le ruego que se vaya, pero si saben algo, por favor comuníquemelo, si es que ello no pone en peligro el misterio que se traen entre manos.

Ahora sus manos temblaban. Estuve a punto de caer en la tentación de contarle todo lo que yo sabía al respecto, pero tuve suerte, porque se levantó de su asiento y me condujo hasta la puerta sin muchas ceremonias. Cuando estaba a punto de cerrarla, su voz sonó como un trallazo:

—¿Sabe si también ha desaparecido su secretaria?

El ruido del pestillo ocultó a duras penas un sonido similar al de un sollozo.

Yo no había conseguido nada excepto un buen comienzo para pasar un largo día de depresión. Había conseguido poner en guardia a la mujer de Unzueta. Toda una demostración de habilidad. En todo caso, algo sonaba a extraño en la versión de la mujer. ¿Por qué la había advertido su marido de la posibilidad de que no volviera en una semana? Los jefes estaban alarmados por una tardanza de dos días sin recibir noticias, y ellos conocían la información completa sobre la conexión con ETA. ¿Por qué no había dado un aviso similar a la KBB? La hipótesis de la falta de tiempo no servía, porque habría bastado con hacer una llamada telefónica. Había más cosas que no encajaban. Por ejemplo, la desinformación de la mujer. Me resultaba muy extraño pensar que Unzueta ocultara a su propia esposa el trabajo del que se iba a hacer cargo.

El frío consiguió congelar mis cavilaciones. Busqué a mi alrededor hasta dar con un café donde resguardarme de la crudeza del tiempo. La plaza, diseñada por Chillida, ofrecía un aspecto desolador, con su frontón, su pista para arrastre de piedras y las gradas semicirculares, todo ello en tonos grises que acentuaban el aire siniestro de un extraño monumento a la virilidad vasca.

Seguí dándole vueltas al asunto con un buen café con leche delante. Tragando buches a golpe de escalofríos y a costa de abrasarme la tráquea. No tenía otra salida que ir directamente al grano, fiarme de la sociología sueca, y buscar a los receptores del impuesto. Todo lo que hiciera al margen serían sólo maniobras destinadas a distraerme del encargo. La sola idea de encontrarme con los etarras me daba más escalofríos que Vitoria y su plaza, pero era la única salida. Quedaba por resolver lo que parecía un problema menor: cómo contactar con ellos. Una posibilidad consistía en ir directamente en busca de Otxia a San Juan de Luz, pero consideré que era mejor asegurarse previamente de cuáles eran los pasos a dar. Patxo Garmendia, corresponsal de un diario madrileño en Bilbao, me podría ayudar. Patxo había militado en ETA hacía ya algunos años y algo debería saber sobre la mecánica apropiada por mucho que los métodos de la organización hubieran cambiado en ese tiempo.

En suma, concluí que el trabajo debía ser iniciado de una vez por todas. Pero también concluí que lo haría con la mayor comodidad posible. Era lo menos que podía hacer dados los numerosos problemas que se me iban a plantear con toda seguridad y dada la generosa actitud adoptada por la dirección en vista de lo delicado del asunto. Fui al Banco Alavés y saqué cien mil pesetas de la cuenta abierta a mi nombre. Era una sensación francamente recomendable la de comprobar que con sólo una firma me podía hacer con sumas considerables de dinero. Me pareció insultante que el cajero no diera importancia al hecho. Luego alquilé un coche en una oficina situada al lado del hotel, y subí a la habitación para recoger mis cosas.

En la recepción me dieron el recado de la señora de Unzueta. Textualmente decía que la llamara con urgencia. Perdí algún tiempo de forma intencionada antes de hacerlo, pero no pude conseguir que mi voluntad aguantara el juego más de cinco minutos. Su voz al oír la mía ya no era de hielo. Me pareció que utilizaba mejor el registro grave que durante nuestra entrevista.

—Señor Gálvez, quisiera volver a verle, si es posible —me dijo—. Le espero en *El portalón* a las dos en punto.

Acepté llevado por la mala conciencia, aunque pensé que esa comida no iba a servir para nada. Aboné la crecida cuenta del hotel y me fui andando hacia el restaurante. Para entrar en calor me dediqué a maldecir en voz alta el clima de la ciudad, lo que no dejó de extrañar a más de un paseante.

Ella estaba ya sentada a la mesa cuando llegué. Había cambiado su aspecto. Ahora vestía un conjunto de pantalón tejano y blusa de la misma tela, también muy abierta por el escote. Una zamarra de piel colgaba del respaldo de la silla que ocupaba. El cabello le caía sobre los hombros, ya libre del moño, y parecía haberse lavado la cara, con excepción del toque de rimmel en las pestañas.

Me recibió con una sonrisa y una mirada al reloj de pulsera que adornaba su muñeca izquierda. Marcaba las dos y cinco.

—No está mal para ser madrileño —dijo a modo de saludo.

Luego, se dirigió al maître y, con evidente conocimiento del lugar, le pidió que nos sirviera un poco de todo sin consultarme previamente sobre mis costumbres gastronómicas, omisión que sólo podía serme beneficiosa dado el escaso refinamiento de mis gustos y mi nulo conocimiento sobre una materia tan sofisticada como la enología. Sólo hacía dos meses que había descubierto que tal palabra no se refería al conocimiento de la vida y costumbres de las mariposas.

Dilató el momento de iniciar la conversación hasta que la mesa estuvo cubierta por un número interminable de raciones alimenticias muy variadas. Luego, con un trozo de jamón de jabugo en la mano, se encontró dispuesta:

—Siento haberme interferido en sus planes, pero debe usted comprender mi inquietud. No sé dónde puede estar mi marido, y su visita de esta mañana me ha confirmado que tampoco lo saben en la empresa. Póngase en mi lugar y comprenderá mi estado de ánimo. Mire —y adoptó un aire confidencial—, las relaciones entre mi marido y yo no son demasiado buenas. Por eso, cuando se marchó con tanto misterio, lo interpreté como una señal de que no quería contarme nada porque se lanzaba a una más de sus numerosas aventuras. Le cuento esto porque estoy seriamente preocupada. Ya no me importa lo que haga con otras mujeres, tengo una especie de callo formado —sonrió triste al decirlo—, pero su visita me ha hecho temer por su integridad física. ¿No comprende que debo saber qué pasa, que tengo derecho a saber lo que ustedes intentan ocultarme?

Por un momento temí que comenzara a llorar, pero supo contenerse ayudada por un enorme langostino y un buen trago de vino. Irguió la cabeza en gesto desafiante, pero estaba conmovida de verdad y había dejado de llamarme señor Gálvez. La combinación era explosiva, de modo que se lo conté todo, después de una estúpida introducción para advertirla de que todo era confidencial. No me dejé ni un solo detalle.

Aún no entiendo por qué, pero se quedó más tranquila. Quizás por el detalle de la sociología sueca, en el que me extendí de forma muy convincente. Yo me comprometí a tenerla informada de todo lo que sucediera en adelante. Ella se comprometió a lo mismo y a guardar la máxima discreción.

Me fui a Bilbao con el estómago repleto y la misma sensación que experimenté la primera vez que crucé a un ciego de acera: por un lado, ridículo; por otro, inseguro de haber realizado lo que debía.

V

—Ya me sorprende a mí que *El popular* tenga dinero para enviar a un mísero colaborador para escribir un reportaje sobre el impuesto revolucionario. Si sería otro periódico, pues no me extrañaría. Se nota que marcháis viento en popa.

Patxo Garmendia era de una crudeza rayana en la brutalidad. No se le podía engañar así como así y tuve que tramar una compleja historia para hacérsela creíble:

—No, si el viaje me lo pago yo, bueno, la empresa sueca para la que trabajo. Y ya, pues aprovecho... es un tema bonito. Nunca se ha escrito sobre el impuesto revolucionario reconstruyendo exactamente cuáles son los movimientos precisos para pagarlo, cuál es el rito. Tú tienes que saber de eso, ¿no?

Garmendia era todo lo contrario a un vasco de los soñados por los viejos ideólogos del PNV. Solamente sus orejas, grandes y de soplillo, se correspondían con la imagen tópica. Ni siquiera hablaba patrióticamente mal el castellano como tendría que haber hecho de seguir la consigna de Sabino Arana. Tenía una pelea constante con el potencial y el pretérito imperfecto de subjuntivo, pero eso se diluía en el paisaje oral euskaldún. Por lo demás, era bajito y bastante miope. Había formado parte de la comisión ejecutiva de ETA a finales de los años sesenta y contaba en su *curriculum vitae* con el galardón de haber sido uno de los primeros teorizadores del paso a primer plano de la lucha política olvidando la lucha armada. Tan insensato proceder le había costado un buen número de amigos y, por el contrario, no le había ahorrado problemas con la policía. Los años pasados escribiendo panfletos le habían dotado de una innegable destreza para la práctica del periodismo, oficio del que ya vivía con un cierto desahogo.

—No lo mitifiques, no se trata de un rito ni mucho menos. Se parece mucho más a un cambalache de mercado de pueblo. En eso, como en muchas otras cosas, se ha exagerado la capacidad de ETA. Con las cuestiones de dinero se comportan como comerciantes, que es lo lógico y lo que sucede en cualquier organización política. Yo no te puedo contar demasiadas cosas al respecto, porque siempre me mantuve alejado de esas tareas. Lo mejor será que contactes con cualquier abogado de los que mantienen relaciones normales con ETA. Te puedo proporcionar varios nombres de amigos de confianza que te informarán sin problemas si vas de mi parte. ¿No tendrá la KBB problemas y esas cosas?

Me hizo la pregunta a bocajarro, pero esta vez tenía la respuesta preparada de antemano y le contesté con gran naturalidad:

—¿Tú crees que me iban a enviar a mí para una cosa así?

Estuve a punto de agredirle cuando se echó a reír y exclamó «claro, claro», pero me contuve. La respuesta se la había servido yo en bandeja.

—Entonces —insistí—, ¿el método normal de contactar con ETA es a través de un abogado?

—Sí. Esa gente ya sabe cómo tratarles y esas cosas. Se entienden a la perfección.

Hablaba del asunto mientras apuntaba en un pequeño trozo de papel, con letra pequeña y apretada, unos nombres y direcciones. Cuando lo hubo hecho, me lo pasó y esperó a que leyera lo apuntado. Luego, continuó:

—Para alguien sin experiencia, sería una estupidez contactarles por sí solo. La negociación en esas circunstancias siempre sale peor. Ten en cuenta que el dinero pedido por ETA acaba siendo orientativo, sirve de base para negociar después. Por eso, marcan una cifra mucho más alta de la que piensan conseguir de verdad. Casi nunca, excepto en los casos de personajes muy notorios, saben qué es lo que tiene el «cliente». A un médico que yo conozco le pedían diez millones de pesetas. El tío no las había visto juntas en su vida. Regatearon y lo acabó dejando en un millón y a pagar a plazos. El abogado lleva comisión a veces, pero lo que te ahorra es tanto que te compensa.

Lo que me contaba Garmendia servía para explicar el porqué Unzueta se llevó sólo diez millones de los quince que se pedían en la carta. Pero, al mismo tiempo, hacía parecer ridícula la cifra para un directivo de una multinacional. Había otra cosa extraña: Unzueta no había mencionado nunca la existencia de un abogado que sirviera de mediador.

Seguí con el interrogatorio a Garmendia, quien daba progresivas muestras de estar hasta las narices de mí:

—Oye, ¿y se tarda mucho en encontrar a ETA?

—Hombre, los abogados no, porque ya están acostumbrados a buscarles. Pero alguien que fuera por libre podría tardar mucho o encontrarse con una sorpresa desagradable. Si yo estaría en tu caso, no iría al otro lado, si eso es lo que estás pensando. Podrían tomarte por lo que no eres y no les convencerías con la historia del reportaje. No tienen sentido del humor y no les gustan los periodistas. Si se les iría la mano, bastaría con decir que había sido un error.

—¿Qué es eso del otro lado? —me atreví a preguntar.

Su tono, hasta llegar a ese punto, había sido de aburrimiento, pero la mención del otro lado pareció insuflarle un cálido aliento vital. Creció varios centímetros:

—Euskadi está dividida en dos por la acción de otros tantos estados imperialistas, España y Francia. El otro lado es Euskadi norte. Con eso se indica que hay que pasar la frontera, pero que se está en el mismo sitio, en Euskadi, ¿entiendes? Euskadi lo forman las cuatro provincias anexionadas por el Estado español y las tres anexionadas por Francia.

Decidí esquivar el tema cuanto antes. Podía encontrarme con una lección magistral de historia y geografía. Asentí con la mayor seriedad a sus palabras y aproveché un respiro para interrumpirle:

—Creo que con eso tengo bastante por el momento. ¿Te importa que vuelva a consultarte si necesito algún dato suplementario?

—No hombre, claro que no. Pero ten mucho cuidado con lo que escribas. Los madrileños siempre os perdéis con esto de Euskadi, no dais una ni por el forro. Si quieres que te mire el artículo antes de publicar, me avisas y ya te digo.

Agradecí cálidamente su buena disposición censora y le llevé hasta el periódico recriminándome mi incapacidad para reivindicar el derecho a equivocarme. Volví al hotel donde me hospedaba, el *Ercilla,* y pedí que me comunicaran con la mujer de Unzueta. Para mí se estaba convirtiendo ya en un gesto familiar hablar por teléfono con aquella mujer. No tardó en atender mi llamada. Le dije que me urgía hablar con ella y me contestó que la esperara, que ella se acercaría a mi hotel, que no le costaba nada hacerlo.

Pensé que no urgía tanto, pero tampoco tenía nada mejor que hacer en Bilbao, y en una ciudad así la soledad puede agudizarse como en muy pocos otros sitios.

La mujer de Unzueta se adelantó incluso a su predicción de acudir a buscarme en una hora. Llegó cinco minutos antes. Me lo anunciaron por el teléfono y pedí que me esperara en el bar. Me apresuré a cambiarme de ropa para ir a tono con ella. Unos tejanos, un jersey azul y un chaquetón verde que me acompañaba a todas partes desde hacía cuatro años.

Fue todo un acierto. Estaba sentada en una banqueta del bar, vestida con un escotado traje negro que dejaba ver un buen trozo de pierna por una abertura lateral. Llevaba medias también negras con costura y se había dejado caer el pelo sobre la frente. Ahora la capa de rimmel era más abundante y los labios tenían un color oscuro de rojo rabioso. Se me quedó mirando de arriba abajo al tiempo que sorbía de una copa cónica una bebida que sólo podía ser un martini seco. Consiguió que ya estuviera nervioso antes de llegar a su lado. No parecía que entonáramos mucho el uno con el otro:

—Perdone, si me espera voy a ponerme otra ropa más adecuada. Pensé que iría...

Se echó a reír dejando que el cabello se le escurriera hacia atrás:

—No se moleste, esto no es una reunión social, ¿verdad?

—No, si no es molestia, es que...

—Así está mejor. No le sienta bien ir vestido con esa chaqueta de espiguilla. Acentúa la cortedad de su estatura.

Me hundió la moral, así que le pedí al camarero otra de lo mismo para no tener que pararme a pensar. Ambos nos mantuvimos en silencio mientras me servían la copa y aproveché ese tiempo para buscarme otra banqueta que disimulara mi estatura, disminuida por la buena situación de la mujer. Me acomodé lo mejor que pude sobre el mueble y me acodé sobre la barra. La banqueta tenía una pata más corta que las otras tres y mi caída no fue del todo elegante, aterricé sobre el codo con una cierta brusquedad. Decidí no cambiar de postura para no ofrecer flancos descubiertos al enemigo. El martini llegó. Con mucha precaución me enderecé sobre la banqueta y lo tomé volviéndome hacia ella. Estaba esperándome ya con su copa levantada:

—Por nosotros —dijo.

—Por nosotros —repetí, y la banqueta volvió a caer pesadamente haciendo que una parte del martini me manchara los tejanos. Por suerte, esta vez fingió no advertir mis piruetas. Había que romper el hielo y, sobre todo, no perder la iniciativa:

—El martini deja chiquito al gimlet.

Se le abrieron los ojos en un gesto de incomprensión.

—¿Al qué?

—Bueno, creo que es al revés, y además no tiene importancia. Un amigo mío lo dice siempre. Se trata de un combinado empalagoso que deja la garganta estragada para veinticuatro horas.

Asintió, perdido ya su interés por tan apasionante tema, y consumió sin mucha ceremonia lo que quedaba de su martini. Se volvió entonces al camarero y le demandó dos nuevas consumiciones. A toda prisa me tomé el contenido de mi copa y la deposité con gran cuidado para que la banqueta no volviera a hacerme una de las suyas.

Después del cuarto martini se dejó arrastrar hasta la calle. Me hizo subir a su Ford y me dejó pegado al asiento con la arrancada. No me preguntó hacia dónde quería dirigirme, ni me preguntó qué era lo que quería de ella. A los pocos minutos habíamos dejado atrás el Arenal y buscábamos un lugar de aparcamiento en la zona vieja, al lado de la ría. El frío era menos intenso que en Vitoria, pero la humedad calaba hasta los huesos.

Mi cuerpo agradeció el calor que reinaba en el restaurante. Allí, repitió el ritual del mediodía. Me escogió el menú y pidió una botella de vino blanco frío después de una disputa con el camarero, quien mantenía que no hay vinos blancos buenos. Cuando nos hubieron servido el primer plato me dejó comenzar a explicarle las irregularidades que había creído descubrir.

—Es muy propio de Alberto hacer las cosas sin ayuda. Toda la vida ha actuado de esa manera. Lo de la cantidad no debe extrañarle. Igual que usted sabe ya que ETA admite el regateo, Alberto lo sabría y con mucha más razón. Nunca le han engañado así como así. Se mueve con mucha seguridad por el mundo... a veces con demasiada.

Se le volvió a ensombrecer la cara, pero de nuevo fue capaz de superar el bache con rapidez. Consumió una copa de vino de un trago y se quedó mirando con indiferencia a la sopa de pescado que humeaba delante de ella.

—Señora —interrumpí el rumbo de sus pensamientos—, ¿no tenía su marido un abogado que le hiciera trabajos al margen del equipo de la empresa?

—Su cuñado, el marido de su hermana. Se separó de ella hace años pero mantuvo la relación con Alberto. Es un chorizo. En cierta ocasión Alberto tuvo que convencer a algunas personas para que no se opondrían a la instalación de la fábrica en Vitoria y de eso se ocupó su cuñado, aunque no sé cómo lo hizo. Sabe hacer todas las cosas sucias del mundo, aunque para lo demás sea un inútil. ¿Piensa usted que Luis podría ayudarle en esto? Encaja bien que esté relacionado con el asunto si Alberto no quería que se enteraría nadie porque, al menos, Luis tiene una cualidad obligada por sus actividades: es muy discreto.

Quedó en avisar a su concuñado de que yo iría a verle. Y ya no hubo forma de seguir la conversación ni de mencionar más el nombre de su marido. Dejó toda la comida en el plato y acentuó su aire taciturno. Yo me dije que si la KBB estaba dispuesta a pagar, ella podría hacer lo que quisiera con la comida, y dejé una espléndida propina para terminar de convencer a la camarera de que la comida estaba muy buena, que simplemente la señora no tenía apetito. La segunda botella de vino reposaba vacía y triste en el centro de la mesa, pero no tuve que sostenerla para llegar hasta el coche.

—Ahora vamos al *Flash* —me informó con un súbito cambio de humor y sin dejar el menor resquicio para mi posible oposición.

Me dejé llevar resignado, apoyada la cabeza en el respaldo del asiento y haciéndome buenos propósitos de no beber más de la cuenta. No quería más resacas.

El *Flash* se correspondía muy bien con lo que sería el estereotipo de la discoteca para progres. Las paredes estaban pintadas de negro y salpicadas de fotogramas de películas iluminados desde el interior por una luz oculta. La mujer de Unzueta me arrastró hasta una mesa baja situada en una esquina y me pidió que le trajera un gin-tonic con poca tónica. Yo decidí tomar lo mismo, pero con las medidas inversas. Cuando me senté a su lado, hizo un vago gesto de reconocimiento y siguió observando a las pocas personas que evolucionaban por la pista de baile. Los ojos le brillaban con la ayuda de la escasa luz ambiente y el parpadeo de los focos multicolores, y dejaba que la pierna donde lucía la raja se moviera al compás de la música.

—Sabe, señor Gálvez —comenzó, y mi dichoso apellido no iba acompañado de ningún tono insultante—, los hombres están muy equivocados al pensar que porque una se tome una copa con ellos se va a ir luego como una corderita a compartir su lecho.

—No, si yo, nunca... —intenté decir, pero me cortó.

—No se ofenda, no es nada personal. Pero esto le afecta como género. Y la gran mayoría de los hombres piensan eso. Yo dejé hace mucho tiempo de tener una concepción semejante de las relaciones. Soy una mujer libre, y me doy perfecta cuenta de que mi libertad incluye el poder decir que no, ¿comprende?

Asentí con fuerza. En realidad me era igual que ella se negara siempre que le pareciera. En ningún momento se me había pasado por la cabeza llevarla a mi cama como si fuera una corderita. Y si acaso había alguien que no supiera decir que no, ese era yo, porque nunca me habían dado la ocasión de experimentar la posibilidad.

—Le doy mi palabra de que no pensaba intentarlo —dije—, de que no lo intentaré.

Ahora pareció ofendida:

—Oh, señor Gálvez, no lo estropee. A mí me halaga que usted pueda desearlo, ¿quién no se siente halagada por ser deseada? Lo que sucede es que exijo mi derecho a negarme. Los hombres parecen incapaces de comprender una cosa así.

Decidí que lo que mejor podía entender en mi vida era precisamente eso, que eso era lo que me había sucedido casi siempre. La imagen de Maribel me asaltó, y la de Ana. No hubo tiempo para que me asaltaran más imágenes porque volvió a la carga. El alcohol estaba haciendo un rápido efecto sobre ella:

—Mis amigas son menores que yo. He cambiado totalmente mi círculo de relaciones. Son mujeres de treinta años, más capaces de afrontar el mundo y comprenderlo, más capaces de apreciarse y valorarse a sí mismas. Pero eso es muy difícil en este país, sobre todo para una mujer de mi edad. No, no crea usted que soy muy mayor, mi cuerpo además no engaña, pero hay una diferencia generacional importante, y una diferencia geográfica: ser mujer aquí en Euskadi es muy difícil, señor Gálvez.

Empecé a temblar sólo con la idea de lo que pensaría al día siguiente. Tenía que parar el caudal de sus confidencias para evitar que me odiara al despertarse. Las confesiones de borracho suelen convertirse con facilidad en hostilidades de resacoso.

—¿Quiere bailar, señora de Unzueta? —empleé una fórmula tan rebuscada para conseguir un mínimo de alejamiento, para que así se pudiera defender mejor de mi presencia. Pero reaccionó justo al contrario de como yo deseaba:

—¿Esa horrible música-disco? Ni hablar, parece hecha por una máquina. Y deje de hablar así, me llamo Nekane y tú te llamas Julio, ¿de acuerdo?

El miedo desapareció para dar paso al pánico. Ahora nos

íbamos a llamar por los nombres de pila y nos íbamos a tutear. Preví por unos segundos la catástrofe. Y la catástrofe sucedió:

—Julio, llévame a tu hotel.

—Sí, no creo que haya problemas de habitación.

—No, porque además me vas a llevar a la tuya.

Lo dijo con una sorprendente decisión. Pagamos las consumiciones y salimos a toda prisa del lugar. No encontré la fórmula para decirle que no.

Al llegar a la habitación se encerró en el cuarto de baño. Yo me tumbé en la cama, fumando, a la espera de lo que pudiera suceder. Fumé otro pitillo y luego otro. Media hora después de haber entrado, me atreví a llamar a la puerta con los nudillos:

—Nekane, ¿estás bien?

Me respondió el silencio estremecedor de las habitaciones ocupadas. Repetí la llamada varias veces con creciente alarma hasta que una voz trémula me respondió:

—¿Qué va a pensar usted de mí, señor Gálvez?

—Nada malo, señora de Unzueta —y me sentí más cómodo volviendo a emplear la fórmula—, no voy a pensar nada malo, pero abra la puerta por favor.

—Prométame que no va a pensar nada malo, señor Gálvez.

—Se lo prometo.

Sonó el pestillo y abrió. Seguía totalmente vestida y tenía la pintura de ojos corrida por la cara a consecuencia de lo que debía haber sido una larga sesión de llanto. Con mucha cautela, casi sin tocarla para no provocar su alarma, la conduje hacia una de las camas y la ayudé a tenderse. Encendí un cigarrillo para ella y liberé sus pies de los zapatos. Estaba como una cuba. Dio varias chupadas lentas al cigarrillo y me habló:

—Desnúdeme, por favor, señor Gálvez.

No puse objeciones a la petición, aunque me pareció algo insólita. Desabroché el vestido y lo colgué sobre el respaldo de la silla. Después tardé un buen rato en quitarle las medias sin causar demasiados estragos. Por fin, la despojé del sujetador. Luego, la tapé con las sábanas y la manta.

Se durmió como una niña.

VI

«El cuñado de mi marido se llama Luis Alcoriza. Aquí le dejo su teléfono y dirección. Cuando usted despierte, ya habré hablado con él. Es usted un encanto. Un beso, Nekane.»

La nota reposaba sobre la almohada de su deshecha cama, y el beso estaba estampado con carmín sobre el papel timbrado del hotel que había utilizado para escribir el mensaje. Mi reloj marcaba las once de la mañana y la cama de Nekane ya estaba fría. Debía haberse marchado muy temprano. Pedí por teléfono el desayuno y llamé a Luis Alcoriza. Nekane había cumplido con lo prometido. Dijo que estaba aguardando mi llamada y se le percibía en buena disposición para atenderme. Tres horas después nos veríamos para comer juntos en un restaurante cerca de la ría. La sola mención de la palabra comer estuvo a punto de hacerme vomitar. No había hecho otra cosa desde que atravesé el desfiladero de Pancorbo.

Alcoriza se pasó la primera hora teorizando sobre la nueva y la vieja cocina vasca. Era un decidido partidario de la segunda, decía sentirse asqueado de la manía de ponerle crema de leche a todo. Por lo demás, su conversación no ofrecía mayor interés. Se trataba de un tipo vulgar de vientre prominente y con una singular capacidad para conseguir que de su cabeza casi desprovista de pelo cayera una buena porción de caspa sobre las hombreras de su traje oscuro de abogado. Cuando se decidió a abandonar los improperios lanzados contra Arzak y compañía, conseguí que abordara el asunto de forma más directa:

—Nekane me ha dicho que Alberto está en un lío y que usted es de confianza. Dígame de qué se trata.

—Quiero que me contacte con ETA. Alberto Unzueta desapareció cuando iba a pagar el impuesto revolucionario. Yo he sido encargado por la empresa de la tarea de encontrarle y resolver todo lo que sea preciso para conseguir su libertad.

Se quedó pensativo durante breves instantes. La noticia le había puesto nervioso, eso se podía apreciar con claridad. Me dije que incluso un sinvergüenza como él podía tener sentimientos.

—Es muy raro, muy raro —dijo para sí—, me extraña que haya intentado solucionar esto sin avisarme, sin pedirme que yo le ayudara a resolverlo. El sabe que tengo experiencia en estas cosas... Bueno, en fin, sus razones tendrá para haber actuado así. Deje en mis manos el contacto. Yo le comunicaré con tiempo cómo y dónde tendrá que verlos. Pero vaya reuniendo el dinero necesario. De lo demás no se preocupe. Sé cómo hay que tratar a esos sinvergüenzas y le daré las instrucciones adecuadas. Pero, ¿no sería más práctico que lo dejara todo en mis manos?

—No —respondí—, tengo el encargo de hacerlo yo sin que nadie se entere. Ya es mucho que me haya decidido a comunicárselo a usted y a Nekane. Ni siquiera estaba autorizado para eso. Hay que guardar la máxima discreción por razones que a usted no le competen.

Quedé orgulloso de mí mismo. Qué aplomo el mío para afrontar situaciones llenas de riesgo. Me empezó a dar todavía más miedo del que tenía de antemano cuando vi a Alcoriza encogerse de hombros con una sonrisa irónica.

—¿No puede usted prever el tiempo que le llevarán las gestiones para contactarles? —pregunté antes de que se fuera.

—Si yo pudiera prever esas cosas, sería el abogado más cotizado del País Vasco. Ya le llamaré, pero tenga paciencia. Hoy mismo pasaré por San Juan de Luz. Pero le insisto en una cosa —me dijo con la servilleta en la mano y ya incorporado de la silla—, tenga el dinero que falta preparado. Ya le avisaré a su hotel.

El porvenir era de lo más sugestivo. La idea de pasar en Bilbao una espera larga me causaba una gran depresión. La idea de compartir aquellos días con Nekane me sacaba de quicio. Había algo en aquella mujer que me desconcertaba y, sobre todo, no podía soportar la posibilidad de que nuestras relaciones volvieran a traspasar la frontera de lo afectivo. Una complicación excesiva que —debía reconocerlo— ella misma había sabido solucionar con maestría indudable por medio de la nota en la almohada.

Como primera medida para la espera, decidí echarme una siesta. Las siestas en Bilbao, con las ventanas bien cerradas y una orden para que el conserje no pase ninguna llamada, pueden ser antológicas. Una vez despierto, me la jugué a cara o cruz y le tocó a la zona vieja servir de objeto de mi curiosidad turística. Me abrigué bien para protegerme de la humedad y me fui andando.

En las siete calles, un espeso humo ocupaba el espacio que debía corresponderle al aire, y se detectaba un ambiente de tensión. De todas maneras, opté por continuar mi paseo. La ría tenía color de óxido y destilaba un olor repugnante. La fina lluvia no servía para despejar el ambiente, sino que contribuía a hacerlo más espeso. La policía estaba desplegada a lo largo de la orilla, mirando hacia la zona vieja. En cada una de las esquinas, una pareja de agentes, armados de fusiles lanzapelotas, montaba guardia, asomándose hacia el interior con movimientos cautelosos. Estuve tentado de volverme al hotel, pero el aire tranquilo de los paseantes me hizo sentir vergüenza y pensé en entrar a las siete calles. A la altura de Barrencalle crucé de acera y me aventuré hasta donde estaban los guardias de vigilancia.

—¿Se puede pasar? —les pregunté con mi mejor cara de inocencia, rogando a todos los santos que me dijeran que no para así volverme con la conciencia tranquila.

Se encogieron de hombros, lo que interpreté como una concesión de permiso, y emprendí el camino hacia el interior. Diez metros más allá comenzó el jolgorio. Tres o cuatro críos, sacados de un reportaje periodístico sobre Belfast, aparecieron de improviso y arrojaron varias piedras contra los guardias. Dejé que mi instinto decidiera por mí y eché a correr con todas mis fuerzas. A mi espalda sonaron unas detonaciones.

—Tírate al suelo —me gritó un tipo que estaba asomado a la puerta de un bar unos metros más adelante.

A mi lado, una cristalera saltó hecha añicos por el impacto de una bala de goma. Esto me dio ánimos para seguir corriendo hasta llegar al bar desde el que me habían gritado. Oí nuevas detonaciones y me tiré en plancha hacia la puerta. Unos brazos tan robustos como providenciales me recogieron a mitad del vuelo y me depositaron piadosamente sobre el suelo.

—Gracias, muchas gracias —le dije emocionado a mi salvador, uno más entre los muchos parroquianos que llenaban el bar sin tomar en cuenta lo que sucedía fuera.

—Te has librado por los pelos —me dijo—, hay que estar un poco loco para hacer lo que has hecho. Pero tienes instinto saltando, hay que reconocerlo.

—Ahora, lo peor es salir de esta encerrona —le contesté.

—No hay tal encerrona. No pasan de la esquina. Se contentan con que los líos no salgan de aquí. Si no saldríamos, no vendrían nunca. Te quedas aquí hasta que pase todo y ya está.

Las detonaciones dejaron de sonar por un momento y me aventuré a echar un vistazo. Los guardias seguían en la esquina, asomando cada uno un ojo y las bocachas de los fusiles. De los críos que tiraban piedras, no había ni rastro. Unos jóvenes recogían en silencio los cristales rotos en el balcón de su casa. Todo tenía un improcedente aire de normalidad a mi alrededor.

—¿Quiere tomar alguna cosa? —le ofrecí a mi salvador como única forma posible de pagarle su acción.

—Un pote ya me tomaría.

No hubo forma de sacarle una palabra más a aquel prodigio de expresividad. Me hizo sentir que jugaba a un frontón de palabras. Yo se las lanzaba y él las devolvía intactas después de haber soltado un gruñido o haberse encogido de hombros. Le di una palmada cariñosa en el brazo antes de abandonar el local. Ya hacía tiempo que no sonaban nuevos disparos de pelotas de goma.

La calle seguía desierta y los guardias continuaban ocupando sus lugares en ambas esquinas. No me hacía muy feliz la idea de dirigirme hacia ellos en aquel momento y pedirles permiso para salir de la zona. No sólo por el miedo que eso me provocaba, sino también por una especie de difuso sentido de la solidaridad con quienes se escondían de los pelotazos. Así, me encaminé hacia el interior, sin poder evitar un gesto de tregua dirigido a los guardias. Nada más girar la primera esquina me topé con un grupo de unos diez o doce chavales menores de dieciséis años en actitud expectante. Uno de ellos mostraba con orgullo una de las bolas disparadas por los guardias. Otro hacía provisión de municiones contra un muro. Un tercero estaba sentado sobre la calzada y canturreaba «que se vayan de una puta vez». La gente paseaba y tomaba potes sin mostrar extrañeza ni inquietud. Me dije para mí que nunca iba a poder acostumbrarme a una situación como esa.

Para salir de lo que a mí me seguía pareciendo una encerrona tomé una calle diferente, Barrencalle Barrena, para así evitar las suspicacias de los policías que me habían permitido entrar. Como es de rigor en estos casos, acentué la tranquilidad de mi paso e intenté no mirar a ninguno de los policías que había al lado de la ría. La espalda me comunicaba su agarrotamiento pero tampoco a ella quise hacerle el menor caso.

La cosa funcionó con los dos policías apostados a la entrada, pero mi aspecto no debió ser del agrado de uno de los que se encontraban detrás. Se me quedó mirando fijamente y esperó a que estuviera a su altura. Mi espalda me avisó, pero seguí sin hacer caso de sus intuiciones. El primer porrazo me cruzó de dolor desde el hombro izquierdo hasta la cintura.

—Este cabrón les estaba azuzando —gritó el funcionario que me había golpeado.

Yo me volví para protestar y aclarar el evidente error en el que incurría al hacer tal apreciación. Era una arbitrariedad que se vio inmediatamente acompañada por la segunda arbitrariedad dirigida esta vez a la cara. Tuve el tiempo justo de protegerme con la mano y allí recibí un fuerte golpe que me la dejó inutilizada. Intuí entonces que mis explicaciones iban a valer de poco e intenté que mis piernas me salvaran de tan enojosa y gratuita situación. Al primero que se me interpuso le esquivé con una hábil finta. El segundo me dobló de una patada proporcionada con envidiable estilo. En el suelo, me hice un ovillo para soportar mejor todo lo que a continuación vendría. Varios diligentes funcionarios se ganaron el pan dándome porrazos por todo el cuerpo y reconviniéndome por mi díscola actitud ciudadana con apelativos cariñosos como hijoputa y cabrón. Un oficial se debió compadecer de tanto esfuerzo a deshora y les detuvo. Le tomé cariño a aquel hombre al que desconocía. No me importó que se olvidara de preguntarme a dónde quería ir yo:

—Venga, al coche. Ya está bien —ordenó.

Me hicieron levantar entre dos y me condujeron, medio atontado, hasta un coche blanco, donde fui introducido sin muchas contemplaciones. Quise objetar, haciendo valer mis derechos constitucionales, la forma en que se comportaban con un honrado ciudadano. Conseguí a cambio que uno de ellos me diera un bofetón. Fue el golpe más humillante de todos. La sangre se me subió a la cara y sentí deseos simultáneos de llorar y asesinarle.

En el coche no había nadie más que yo. Tampoco era fácil meter más gente en la parte trasera de un turismo, lugar que las familias tradicionales aprovechan para meter a su perrito los fines de semana al salir de excursión. Me resigné a esperar contemplando la indolente actitud de los paseantes y tuve la ocasión privilegiada de contemplar cómo son las caras de los peatones desde dentro de un coche de policía.

Una hora después, ya anochecido, decidieron levantar el campo. Cuatro guardias, entre ellos un cabo primero, se subieron al coche donde yo estaba encerrado. Uno de ellos era el primero que me había golpeado. Se volvió hacia mí con su mejor cara de castigar a delincuentes despreciables:

—Te voy a quitar las ganas de armar follón, so cabronazo.

Los demás no hicieron ningún comentario. Yo me limité a pensar que no era una mala forma de leer mis derechos, aunque en las películas americanas es un poco más complicada la fórmula e incluye algo de un abogado. El coche se puso en marcha y asistí a una rutinaria conversación sobre las necesidades del servicio. Al llegar a la comisaria, me bajaron sin ninguna violencia, me hicieron sentar en un banco y me dejaron con uno encargado de vigilarme, a la espera de que me tomaran la filiación. Mi guardián tuvo el hermoso gesto de ofrecerme un cigarrillo que fumé con deleite. Los nervios se me fueron calmando y comprendí que mi situación había mejorado radicalmente. En cuanto diera mi nombre y vieran que no era natural de Bilbao, todo se aclararía rápidamente. Me soltarían y ya no habría un solo golpe más. Al cabo de un tiempo me llevaron ante un escribiente, quien me preguntó nombre y apellidos.

—Me llamo Julio Gálvez y soy periodista de Madrid.

No le impresionó nada. Levantó ligeramente la cabeza y me aclaró en qué consistía el asunto:

—No me has dicho el segundo apellido, y no te he pedido que me digas tu profesión ni de dónde eres.

—Pérez —dije—, el segundo es Pérez. Lo tiene usted en el carné de identidad.

—Está caducado desde hace dos años y medio. ¿Lo sabías? Así no vas a ninguna parte, se me antoja a mí —dijo.

Me pareció ver una sonrisa detrás de sus bigotes. Era una forma un tanto infantil de intentar asustarme. Al finalizar el trámite, le pregunté si se me acusaba de algo. Me respondió con mucho laconismo:

—De agresión a la policía.

—Quiero ver al comisario —dije conteniendo una nueva ola de indignación.

—Pero a lo mejor el comisario no quiere verte a ti. —El guardia sonreía ya abiertamente y varios más se acercaron a contemplar una escena que debía ser francamente sugestiva.

—Quiero ver a mi abogado. —Esto les iba a echar para atrás, a buen seguro. Un abogado sabe cómo comportarse en estas ocasiones y se acabarían las tropelías.

—Tú lo que quieres es complicar las cosas. Pretenderás ver a uno de esos cabrones de abogados de ETA. Te vamos a empapelar bien para que aprendas a no hacer tonterías. Estamos hartos de que nos matéis compañeros, y tú de aquí no sales vivo.

Se había puesto serio, casi echaba espumarajos por la boca. Los demás no mostraban una actitud mucho más tranquilizadora. Me asustaron y dejé las reclamaciones para mejor ocasión. Me condujeron hasta un sucio cuartucho donde había dos individuos con cara de aburrimiento, iluminados por una hiriente luz de bombilla desnuda que caía sobre ellos desde el techo como una maldición. Me hicieron un pequeño lugar a su lado y uno de ellos me preguntó:

—Y tú, ¿por qué estás aquí?

—Por idiota —le respondí.

—Por idiotas estamos todos —dijo, y se echó a reír coreado por el otro.

Luego cayó de nuevo el silencio. Detrás de las expresiones de mis compañeros, aparentemente tranquilos, se podía leer el miedo. Tenían aire de chorizos habituales, aunque también debía tenerlo yo después del trago pasado. Pero eso me tranquilizaba, porque indicaba que no pensaban en mí como en alguien peligroso, ni ellos se tomaban en serio la acusación de que yo hubiera agredido a la policía. Cualquier juez, con sólo ver mi constitución física, se tomaría a broma una acusación semejante. Con este pensamiento procuré tranquilizarme esperando sólo a que llegara el momento de mi puesta en libertad. En aquella comisaría tenía que haber por fuerza alguien razonable que pensara al ver mi filiación de periodista, madrileño, y hospedado en el *Ercilla,* que todo era un absurdo, un estúpido error.

No tardaron mucho en venir por el primero de mis compañeros de celda. Le llamaron en voz alta y se levantó intentando mantener la dignidad. Estaba lívido. El otro y yo no intercambiamos palabras mientras se encontraba fuera. Volvió no sé cuánto tiempo después escupiendo sangre por la boca y con un diente en la palma. Se acurrucó en un rincón por unos minutos tapándose la cara con las manos. Luego se despojó de la camisa para examinarse el torso. Se lo habían puesto como para una exhibición circense. Terminada la autoinspección, se vistió de nuevo y se sentó en el mismo lugar del que le habían levantado.

—Haber cantado antes —le dijo el otro.

—Ni antes ni después. Yo no canto. Les he dejado acojonados porque no he dicho palabra.

—Ya —dijo el otro con aire escéptico, y se dispuso a protestar a su manera. Se bajó los pantalones y, en el mismo rincón que había servido para refugio del primero, procedió a dejar un abundante recuerdo de su vientre. Con el dedo pintó en la pared un «cabrones» de tamaño regular, y se limpió con una manta cuartelera que había doblada en la esquina.

Cuando le tocó el turno, uno de los guardias advirtió la obra y la pintada. Llamó la atención de su compañero:

—Mira, se han cagado.

—Déjalos, que se revuelquen en su mierda —fue la respuesta.

En el intervalo llegó un nuevo presunto chorizo. Con la que le correspondió fueron tres las escenas que me fue dado contemplar sobre los resultados de hábiles interrogatorios saldados con abundantes recuerdos por todo el cuerpo. Del mío casi me olvidé viendo a aquellos tipos aguantar el proceso como si se tratara de un trámite más en el que cada uno tenía su papel a cumplir.

—¿Y no reclamáis a vuestro abogado? —les pregunté, irritado por su pasividad.

A cambio de mi interés recibí miradas como las que deben recibir los marcianos en sus periódicos aterrizajes.

—Tú estás loco, tío. Aquí nos dan unas hostias y mañana el juez nos suelta. Como pidamos un abogado nos podemos pasar en el trullo una buena temporada.

Aquella corta conversación me granjeó su desconfianza. Se debían preguntar quién era aquel tipo que no pasaba el trámite y además se dedicaba a hacer preguntas ridículas sobre abogados. Pasé el resto de la noche con la nariz metida dentro de la camisa para aspirar mi propio olor y olvidarme de los vapores que emitían las defecaciones del segundo interrogado. No pude dormir ni un minuto, con la garganta atenazada por el miedo de ser llamado a interrogatorio también yo.

Pasadas las nueve de la mañana, según pude comprobar por el reloj de uno de los policías que me recogieron, fui conducido a un despacho donde me aguardaban dos funcionarios vestidos de paisano.

—¿Qué haces tú por aquí? —me espetó uno con aire campechano y tono de conocerme de toda la vida.

—Vosotros sabréis —le dije, sobreponiéndome a la tentación de seguir llamando de usted a todo el mundo que me llamaba de tú.

—No, colega, lo sabrás tú. Y si no me contestas tendremos que investigarlo. O sea, que te pasarás un par de días en la comisaría hasta que estemos razonablemente seguros de que no tienes nada que ver con agresiones a la fuerza pública. ¿Lo entiendes, tío?

Lo entendí. Una noche sin dormir en una comisaría es algo que le aviva a uno mucho el ingenio. Me volví a dejar dominar por el miedo, por la humillación, y contesté a su gusto:

—Estoy haciendo un reportaje. Cuando me cogieron, simplemente paseaba para tomarme unos vinos.

—Eso lo explica todo, hombre —e intercambió una mirada triunfal con su compañero—. Ha sido un error, un error lamentable lo de detenerte. Pero ya te imaginarás cómo son las cosas por aquí, no da tiempo a distinguir a unos de otros. Eso lleva a pequeñas equivocaciones sin importancia. Pero verás que no te han pegado, que todo eso que se dice sobre las comisarías es un bulo tras otro. Porque no te han tocado un pelo, ¿verdad? Aquí la Constitución se respeta al pie de la letra. ¿Quieres un café?

Mi única venganza se limitó a rechazar el ofrecimiento. No se trató de una acción de dignidad herida, sino de una negativa aclamada por todo mi cuerpo. La voz me salió trémula con el no.

En el hotel me esperaban una nota de Nekane pidiendo que la llamara lo antes posible y una cama limpia y recién hecha. Dejé la nota sobre la mesilla de noche, me di una larga ducha que me hizo gemir de dolor y, después de pedir que no me molestaran bajo ningún concepto, me arrojé entre las sábanas.

VII

—¿No dejé recado de que no me molestaran?

El teléfono había estado sonando de forma insistente hasta que no me quedó otra alternativa que cogerlo o suicidarme.

—Perdone, señor, pero es que dicen que es un asunto muy urgente. Si no, no le habríamos molestado.

El reloj señalaba las siete y media de la tarde y el cuerpo me pesaba como si me hubieran estado pegando varios días seguidos en lugar de haber recibido una vulgar paliza callejera y haber pasado una no menos vulgar noche en comisaría. La voz de Luis Alcoriza se abrió paso a través del hilo telefónico:

—Gálvez, nuestros amigos —dijo lo de amigos con un toque de complicidad que especificaba muy bien de quiénes se trataba— quieren verle cuanto antes. ¿Tiene preparado el dinero?

—No, no he podido conseguirlo aún.

—Se lo advertí ayer —me regañó—. Le dije que lo tuviera todo a punto, que el contacto podría producirse en cualquier momento. ¿Por qué no me ha hecho caso? —ahora su acento era el de un hombre traicionado—. No sé si podré arreglar otra cita. Usted cargará con la responsabilidad de lo que pueda sucederle a Alberto.

—Dígales que mañana por la mañana lo tendré todo a punto, y deje de echarme sermones. No lo tengo porque no ha sido posible.

Mi irritación tenía varias causas: la noche en la comisaría, y la sensación de ridículo. Me había llevado una paliza gratuita. Y además estaba a punto de tirarlo todo por la borda. Toda una hazaña. Pese a todo, no estaba dispuesto a consentir que Alcoriza me echara la bronca. No quería que nadie más me volviera a gritar por una temporada.

—Está bien —dijo con irritación contenida—, tiene hasta las doce para conseguir el dinero. A esa hora es la cita. Si no, dé por concluida mi participación en el asunto. Le volveré a llamar a las once de la noche para pasar a buscarle. Pero le repito que yo no asumo más responsabilidad de la que tengo. He hecho mi parte del trabajo. Haga usted la suya.

Cortó la comunicación y me dejó con toda la carga de mala conciencia encima. Lo cierto era que tenía razón, él había cumplido con su parte, y con una eficacia mucho mayor de la que se podía pedir a nadie. Ni él mismo había pensado que las cosas rodaran con tanta facilidad. Encendí un cigarrillo y me quedé meditando al lado del teléfono. Me quedaban cuatro horas para conseguir cinco millones de pesetas en billetes de numeración discontinua. Cuando el cigarrillo me quemó los dedos, salté de la cama. Me metí en la ducha y dejé que el agua fría me diera otra paliza antes de ponerme a pensar en cómo resolver el problema. Debí liberar varios litros de adrenalina, porque salí ágil como un peso pluma. Tan ágil que me estrellé contra la mesilla del teléfono al ir a cogerlo. Rodamos por el suelo los tres: la mesilla, el teléfono y yo en un cruento combate:

—¡Me cago en la leche puta! —exclamé.

—¿Cómo dice, señor? —me respondió por el auricular descolgado la voz del recepcionista.

—Digo que me ponga línea.

—Claro, señor, no le había oído bien.

Marqué el teléfono de la KBB en Madrid y pregunté por el gerente, el señor Trapero. Hubo suerte, porque aún no había abandonado el despacho. Desde la llegada del sueco las costumbres de la casa habían cambiado mucho.

—¿Cómo va eso, Gálvez? —dijo con tono jovial—, los japoneses no pasarán, ¿eh?

—Van a pasar si no consigo cinco millones en tres horas, señor Trapero.

—Pues hágalo, Gálvez, hágalo, es usted un hombre de recursos. La KBB confía plenamente en su capacidad para...

No le dio tiempo a terminar la frase. Se oyó un chasquido y surgió del frío la voz de Therborn:

—¿Has dicho cinco millones? Es una barbaridad a este hora. Siga en hotel y espera que yo llame a directora de banco.

Un auténtico manager el sueco —me dije—, y me dispuse a esperar con la sensación de haber delegado funciones en la persona más adecuada. Saber hacerlo es la mayor virtud de los triunfadores. Alcoriza era eficaz, el sueco era eficaz. Todo el mundo era eficaz excepto yo esa horrible noche.

Me vestí para la operación. Estuve dudando entre la ropa de señorito o la de faena. Me decidí por la primera. Era más adecuado para pasar desapercibido en el caso de que hubiera alguna vigilancia policial, por muy remota que fuera esa posibilidad. Pensé que los etarras me respetarían más si aparecía así vestido. Hasta ese momento, había evitado con éxito pensar en mis futuros interlocutores, pero ya me restaban muy pocas horas para echármelos a la cara y me dio un ataque de pánico con flojera de vientre incluida. Dudé en llamar de nuevo a Madrid para renunciar a la responsabilidad de la operación. Más valía perder mi puesto de trabajo que jugarme la vida porque algo fallara. No lo hice por una sola razón: Alcoriza había mencionado la posibilidad de que sólo hubiera un contacto. Si éste se desaprovechaba, pondría en peligro la vida de Unzueta. Una carga excesiva para mis frágiles hombros. Era imposible sustituirme a esas alturas. Debía haber pensado antes en escapar. Me tumbé en la cama otra vez y encendí un cigarrillo tras otro esperando a que hubiera alguna noticia del sueco. El teléfono sonó por fin. Era Nekane quien me llamaba:

—Le he llamado varias veces hoy, Julio —su tono era el intermedio entre el de señor Gálvez y el de la noche de autos; no me pareció peligroso—. ¿No quiere saber nada más de mí?

—No, Nekane, es que tengo que esperar en el hotel sin moverme. Se trata de algo relacionado con su marido.

—¿Hay noticias?

—Puede ser, pero no se lo aseguro. Hasta mañana, o quizás pasado mañana, no podré decirle nada concreto.

—Julio —su voz sonó avergonzada—, lo de la otra noche, yo…

—Yo también estaba allí, señora, y no sucedió nada.

Logré deshacerme de ella, venciendo la tentación de pedirle que me acompañara. Ahora la deseaba. La tensión me había provocado unas ganas locas de hacer el amor. Y Nekane me gustaba, sobre todo después de haber leído su nota. Pero venció el otro sentimiento, el del agobio por la cercanía de una mujer que parecía dispuesta a agarrarse a un clavo ardiendo. Volví a dejar pasar los minutos fumando. Las horas pasaron lentas.

Pedí unos sandwiches para paliar mi apetito, y los dejé casi enteros sobre la mesa. Pedí tabaco y lo dejé consumir en el cenicero. Encendí y apagué varias veces la televisión. Una de las veces, apareció Adolfo Suárez en la pantalla para decir que le perseguían, que él se marchaba. Me sentí identificado con él, pero envidié su suerte; yo no podía dimitir.

A las once estaba tan nervioso que no podía levantarme de la cama. A las once y media, la histeria me impedía tumbarme en la cama. A las doce menos cuarto, volvió a sonar el teléfono y me anunciaron que una señorita deseaba verme. Dije que le contestaran que me había marchado y que no volvería hasta el día siguiente. A las doce menos diez sonó la puerta. Abrí esperando a Alcoriza. Era una rubia de ojos grises con un maletín y cara de malhumor.

—No compro nada, señorita.

—Ni yo vendo nada. Soy del Banco de Crédito Alavés.

Carecía en aquellos momentos de una alfombra roja que poner a su paso. Carecía de fanfarrias para darle la bienvenida, así que le franqueé el paso sin más ceremonias. Entró con desenvoltura y dejó el maletín sobre la cama más próxima. Iba vestida totalmente de negro y pude advertir que le temblaban las manos.

—Soy la hija del director del banco. Me llamo Sara Goicoechea.

Tendí mi mano derecha para estrechar la suya y le dije que yo me llamaba Gálvez.

—Ya lo sé —contestó con impaciencia—, si no ¿cómo cree que habría llegado hasta aquí?

Hice algunas florituras con la mano, para disimular el que se me hubiera quedado colgando en el aire por su falta de receptividad, e intenté despedirme de ella abriendo la puerta.

—De ninguna manera —me dijo—. Tengo instrucciones de quedarme aquí hasta que usted vuelva.

—¿Y quién se las ha dado?

—Mi padre. Nadie ha firmado nada contra la entrega de los cinco millones.

—Pues yo le firmo lo que quiera —dije sacando mi mejor bolígrafo.

—Yo no quiero su firma para nada —dijo, confirmando así que le había causado una inmejorable impresión, y se tumbó en la cama donde estaba el dinero después de quitarse la chaqueta y mostrar un ceñido jersey de lana negro de cuello vuelto. Se desprendió de los zapatos y se acomodó dejando un paquete de rubio americano sin boquilla sobre la mesita auxiliar y abriendo un libro de título incomprensible para mí. Comenzó a ignorarme con notable habilidad.

Yo me resigné a su impertinente presencia y procedí a abrir el maletín y contar el dinero.

—Está todo —dijo sin tomarse la molestia de mirarme.

Dejé de contar el dinero y paseé la mirada por toda la habitación. Se me acabó la habitación y comencé a mirarla a ella. Con el libro tomado con ambas manos disimulaba bien el temblor que las sacudía. Había un cierto contraste entre su aplomo y su pulso. Me fijé también en que no llevaba joyas ni pintura en la cara. Sólo una fina cadena de oro adornaba su tobillo izquierdo. Un sitio que me pareció absurdo, a no ser que siempre colocara la pierna así para lucir la joya. Mientras la contemplaba, levantó la vista hacia mí:

—¿Quieres algo?

—No —dije azorado—, sólo miraba su libro. Lee usted en alemán, ¿verdad?

—Es euskara. No sea ignorante.

Nuestra amena charla fue interrumpida por una nueva llamada telefónica. Se trataba de Alcoriza. Estaba en el vestíbulo y me solicitaba que bajara con rapidez. Tomé el maletín, me ajusté la corbata y me despedí de tan simpática huésped:

—Usted lo pase bien.

No se dignó ni mirarme.

Alcoriza estaba visiblemente nervioso. También le temblaban las manos, aunque lo disimulaba incrustándoselas en los bolsillos del abrigo. Me extrañó que un hombre de su experiencia sufriera por algo que casi debía ser una rutina para él. Pero pensé que en esta ocasión había un familiar implicado. Eso debía cambiar mucho las cosas incluso para un hombre como Alcoriza.

—¿Lo trae usted todo?

—Sí, Alcoriza, lo tengo. No sufra más.

—Dios santo, menos mal —exclamó, y me tomó del brazo para llevarme hacia el lugar de nuestra cita.

Hacía una noche húmeda y desapacible, pero al menos no llovía. Me hizo subir a su coche y me condujo a muy poca velocidad hasta un lugar muy cercano al restaurante donde habíamos comido el día anterior. Aparcó el vehículo y me hizo andar hasta llegar a unas escaleras de aspecto siniestro.

—Usted sigue solo a partir de este momento. No quieren que vaya más de una persona.

—¿Y por qué he de ser yo? —dije en pleno ataque de pánico—. Al fin y al cabo, se trata de su cuñado, y usted ya tiene experiencia con esta gente. Se le pagaría muy bien. Yo le daría mi parte si quiere...

—Es su trabajo, Gálvez. Y yo tengo mujer e hijos. Estaré esperando ansioso sus noticias. No deje de llamarme en cuanto termine todo. Ahora, baje las escaleras y siga por la derecha hasta llegar a una plaza, la de Víctor Pradera. Colóquese en los urinarios que hay en el centro. Suerte, Gálvez.

Se marchó sin más.

VIII

La tenue iluminación de las escaleras que conducen a los muelles de Uribitarte no hacía sino acentuar el aspecto siniestro del lugar. Se apreciaban perfectamente las huellas dejadas por los orines de paseantes nocturnos y la basura se acumulaba en los rincones. Esquivé la inerte figura de un vagabundo acurrucado al final de uno de los tramos y seguí bajando con la impresión de que emprendía un viaje a los infiernos. Cada sombra se me antojaba un demonio al acecho, presto a saltar sobre mí y dar cuenta de mis escasos kilos con facilidad. Las tentaciones de dejar a mis piernas la libertad de conducirme de nuevo a terreno seguro se acentuaron. Pero bajé.

Acabadas las escaleras, la calle aparecía lóbrega. Una fila de edificios con los cristales rotos o llenos de suciedad, los más de ellos dedicados a servicios marítimos y comerciales. La plaza de Víctor Pradera era la culminación de la sordidez. Ni un alma interrumpía la escandalosa intimidad de las ratas que, a cientos, se adivinaban en la oscuridad. Sólo las figuras muertas de unos cuantos camiones que rodeaban la pequeña construcción central, un sólido fortín deteriorado cuyo destino era inequívoco. Se trataba de unos urinarios públicos que debían llevar cerrados algunos años.

La única compañía que pude percibir claramente era el tenue rumor de la ría y su penetrante olor. Mis pasos rompían, bruscos, la pacífica convivencia de la mugre y la niebla.

Di varias vueltas en torno al urinario e intenté abrir con nulo resultado las dos puertas. Nadie daba señales de vida y la humedad me iba calando hasta los huesos. Temblaba de miedo y de frío y sentí un fuerte dolor en la mano derecha. Me di cuenta de que me estaba clavando mis propias uñas al sujetar con fuerza el maletín que contenía los cinco millones.

Una luz me cegó. Provenía de un camión aparcado. Hice un amago de escapar de su influencia pero me contuve, obsesionado por mantener la calma. Sólo podían ser ellos. Me quedé quieto de cara a las luces, con la mano izquierda intentando protegerme los ojos del chorro cegador. Unos segundos después, alguien me tomaba del brazo y me arrebataba el maletín. Otras manos me colocaron una capucha sobre la cabeza y me empujaron en dirección al camión. Les dejé hacer con docilidad. Las mismas manos me ayudaron a subir a lo que supuse sería la caja del vehículo y oí cómo dos personas saltaban al interior de inmediato. Sonaron dos golpes y el motor del camión rugió tres veces antes de ponerse en movimiento.

Mis captores me ayudaron a recostarme contra una de las paredes del vehículo y mi espalda empezó a chocar violentamente contra la caja. No sé el tiempo que pasó de esta manera, sin escuchar otra cosa que el retumbar de la carrocería provocado por una carretera cada vez más accidentada. El paso del tiempo me dio valor para dirigirme a mis compañeros de viaje:

—Oigan, por favor.

—*¿Zer?* —me respondió una voz atiplada.

—Oigan, no entiendo su idioma, ¿podría fumar un cigarrillo sin esta capucha? Es de noche y no podré ver nada, no habrá diferencia.

Me abstuve de hacer cualquier referencia al idioma alemán para no herir su sensibilidad. Se hicieron unas consultas ininteligibles para mí y al final uno de ellos dijo *bai* varias veces. Hubo un pequeño trasiego y me quitaron la capucha. Saqué un cigarrillo y encendí el mechero. Pude ver cómo ahora eran ellos quienes se tapaban la cabeza con capuchas, aunque las suyas estaban provistas de agujeros adecuados para ver y respirar sin dificultades.

Lleno de agradecimiento por su actitud generosa les ofrecí tabaco, pero se negaron a aceptarlo moviendo la cabeza. La primera bocanada que aspiré fue como un tónico vivificante. Mi agradecimiento crecía incontenible:

—Gracias, son ustedes muy amables. Por mí, pueden hablar tranquilamente. No voy a enterarme de nada porque no entiendo el vasco...

—Euskara —me cortó uno de ellos.

—Eso, el euskara. Es que en Madrid, por ignorancia, decimos el vasco. Ya saben, allí se simplifica todo lo que sucede en cualquier parte y sobre todo en las Vascongadas...

—Euskadi —me volvió a cortar.

—Eso, en Euskadi. Es que, sabe, estoy nervioso con esto del secuestro, quiero decir de la cita para arreglar lo del dinero, y no doy una. Pero yo estas cosas no las digo normalmente. Euskadi y Euskadi, allá donde vaya lo digo así, sí señor.

Estaba incontenible. Era consciente de ello, pero también incapaz de poner freno a la lengua. Los tíos seguían mirándome y haciendo gran economía de palabras. Yo hablaba sin parar y hacía lo posible para que el cigarrillo durase dando chupadas cortas y poco profundas y dejándolo reposar con la brasa hacia arriba.

—Suena bien el euskara, sí señor. A mí me gustaría saberlo, pero nunca he tenido oportunidad de aprender. Es más, pienso que debería ser obligatorio, no sólo aquí sino en toda España, digo en el Estado español. Que se aprendiera en la escuela el euskara, el gallego, el catalán... y el portugués. Eso, el portugués también. Al fin y al cabo son pueblos ibéricos, ¿no?

—Cállate ya —me dijo por primera vez en castellano el que había permanecido en silencio durante todo el viaje.

Di una última chupada al cigarrillo y me coloqué yo solo la capucha. Estaba claro que no había entablado relaciones con la parte más comunicativa de ETA. Se me hicieron horas los minutos que siguieron y días las horas. Aquello era un viaje interminable. Mi machacada espalda no paraba de recordarme su estado y el silencio de mis acompañantes hacía más largo el viaje.

De pronto, me asaltó un horrible presentimiento. Me llevaban lejos para matarme y dejarme tirado en una cuneta. Se quedarían con el dinero y no tendrían por qué decir que me habían matado ellos. Si mi presentimiento era cierto, no tenía nada que perder:

—No me irán a matar, ¿verdad?

—Cállate, bocazas —me respondió una voz llena de ternura.

—Pero díganme algo —insistí.

—Que si no te callas te dejamos pajarito.

Algo había conseguido. Quedaba la posibilidad de que si me callaba no me dejaran pajarito. Me felicité por mi capacidad deductiva y volví a recostarme contra la caja.

Por fin, el camión se detuvo después de haber subido una pronunciada cuesta, cosa que deduje a partir de un dato sutil: me caí hacia la parte trasera con el primer acelerón. Sin muchas contemplaciones me ayudaron a bajar. Pude aspirar un maravilloso aroma a monte húmedo. Aspiré varias bocanadas que me provocaron un ataque de tos, antes de pasar al interior de una vivienda donde el olor predominante era el del heno. Me llevaron sin ninguna violencia hasta una habitación. Allí, me sentaron sobre una silla de madera y me quitaron la capucha. La luz de una lámpara tan desnuda como la del calabozo donde había pasado la noche anterior me golpeó en los ojos. Parpadeé varias veces hasta que pude distinguir tres figuras sentadas frente a mí. Todos llevaban capuchas como las utilizadas por los del camión. Mi maletín se encontraba colocado sobre la mesa que tenían delante de sí. Aquello tenía todo el aire de un tribunal del ku-kux-klan y me imaginé que yo tenía todo el aire de ser un acusado por un grave delito.

Sin pedir permiso, en un alarde de serenidad, encendí un cigarrillo. Supuse que no se opondrían y que me ayudaría a tratar con ellos. El que se situaba en el centro se decidió a hablar cuando me vio más relajado:

—Eres representante de la empresa sueca KBB y te llamas Julio Gálvez, ¿es así?

Asentí porque no podía hablar a causa de la sorpresa. La voz era una voz femenina, algo muy diferente de lo que yo podía esperar encontrar entre un grupo de etarras. Por su tono carente de agresividad pensé que no era necesario acogerme a la Convención de Ginebra.

—¿Qué queréis de nosotros?

—La libertad de Alberto Unzueta. Ahí, en ese maletín, van los cinco millones que faltaban. Ya se lo habrá dicho Luis Alcoriza, el abogado de Unzueta.

Se miraron unos a otros y cuchichearon un buen rato entre sí, hablando todo el rato en euskara. La chica del centro volvió a dirigirse a mí:

—Alcoriza sólo nos dijo que traías los cinco millones y que querías entrevistarte con nosotros. Pero hay un error. Nosotros no tenemos a Alberto Unzueta.

Tanto cinismo me sacó de mis casillas, cosa poco recomendable en una situación similar. Busqué en mi chaqueta y saqué la misiva dirigida a la empresa. Con un golpe la dejé sobre la mesa para que pudieran observarla a placer, y me senté de nuevo dirigiéndoles una mirada de jugador que ha sorprendido a otro haciendo trampas. Se pasaron la nota unos a otros e hicieron algunos comentarios más. El de la izquierda estalló de improviso en carcajadas sin poder contenerse. Los otros se contagiaron. Daban grandes risotadas y se golpeaban unos a otros en la espalda. Mi indignada e impresionante mirada se fue diluyendo como un azucarillo en el agua. Con las piernas temblando me acerqué a la mesa para investigar qué era lo que les hacía tanta gracia.

Fue uno de los peores momentos de mi vida. Les había entregado por error la nota que Nekane había dejado sobre la almohada. Se la arrebaté de un manotazo a la chica aprovechando la debilidad que la risa le causaba. Por debajo de las capuchas pude ver cómo les brillaban los ojos repletos de lágrimas. Hurgué de nuevo en mis bolsillos hasta que encontré la nota adecuada. Se la tiré a la cara, perdida ya toda sensación de riesgo físico. Me habían sacado definitivamente de quicio. Me quedé delante de ellos, con los brazos colocados en jarras para que vieran que, en cualquier caso, tenía razón y no me sentía arredrado.

Siguieron un rato dejándose llevar por la hilaridad hasta que la del centro puso orden. Se secó los ojos aprovechando la misma capucha y se puso a leer. Luego, repitió el procedimiento anterior y se la pasó a los otros dos. Cuando la hubo leído el tercero, volvieron las risas. Pero esta vez ya superaban el insulto con su actitud.

El de la izquierda se echaba sobre la mesa y golpeaba con un puño. La jefa se dejaba caer alternativamente adelante y atrás, y el tercero perdió el equilibrio y fue a dar de espaldas al suelo. Yo seguía sin verle la gracia al asunto. Ellos se la parecían ver cada vez más. El que se había caído de la silla se pudo levantar con dificultades del suelo y vino hacia mí casi doblado por la cintura. Comenzó a darme palmadas en la espalda, lo que hizo que los otros redoblaran la intensidad de sus carcajadas.

—¡Ya está bien! —me atreví a gritar harto de tanta humillación—. No hay derecho a tratarme así.

La jefa me hacía gestos con la intención de apaciguar mi ira, ya que no podía hablar. Entre hipidos, consiguió pronunciar algunas palabras:

—Es que… huhuhu, es que la has cagado, huhuhu.

Ahora el que se había incorporado volvía a caer al suelo, retorciéndose de una forma escandalosa. Los otros dos volvían a sus ejercicios de silla y de golpear la mesa respectivamente. Mi desconcierto ya no tenía límites. Me tapé la cara para evitar que se me vieran las lágrimas de vergüenza que pugnaban por salir.

La calma acabó por imponerse. Ocuparon de nuevo sus lugares detrás de la mesa y la jefa volvió a dirigirse a mí:

—Es que esta nota no es nuestra. Es de ETA militar.

—Pues claro, no soy tonto. Sé leer —respondí con toda la firmeza que el trago me había dejado.

—Sí. Pero es que nosotros no somos ETA militar, ¿no lo entiendes? No somos nosotros.

Toda la cantidad de firmeza que me quedaba se agotó con la recepción de la última respuesta. Caí sobre la silla absolutamente derrotado.

—Entonces, ¿no tienen ustedes a Unzueta? —pregunté de nuevo, para comprobar que mis sentidos no me engañaban.

—No, no le tenemos.

—¿Y por qué aceptaron la cita y urgieron la entrega de los cinco millones?

—Bueno, pues cinco millones nunca vienen mal. Y si nos los queréis pagar voluntariamente... Todo es bueno para el convento. No andamos sobrados de dinero.

Una terrible sospecha me asaltó entonces:

—No pensarán quedárselo, ¿verdad?

—Has acertado, pensamos quedárnoslo. Eres un tío listo. Pero te daremos a cambio un recibo para que no tengas que pagar más veces. Es posible que te sirva con los otros.

—Si es posible saberlo, ¿me pueden decir quiénes son ustedes? —me atreví a preguntar.

—Somos de ETA político-militar. Si conectas con los milis, les enseñas el recibo que te demos y a lo mejor no te cobran los cinco millones.

Todo el resto de la reunión transcurrió en un ambiente de sana camaradería. Me dieron un poco de chorizo con pan y me advirtieron de que tuviera cuidado con los milis, que no me aventurara así como así con ellos, que eran un poco imprevisibles —y el que se había caído al suelo con la risa señalaba la nuca al decirlo—, que utilizara los servicios de un buen abogado acostumbrado a negociar el impuesto revolucionario.

Todo un manual de comportamiento cívico. Para despedirse, me comunicaron que, en adelante, se pondrían en contacto con la KBB para resolver algunos problemas laborales en la fábrica de Vitoria.

Poco antes del amanecer me subieron de nuevo al camión y me dieron algunas vueltas. Cuando se detuvo, me instruyeron sobre cuál habría de ser mi comportamiento en adelante:

—Quédate aquí quieto y sin quitarte la capucha el tiempo que tardes en contar hasta doscientos. Luego, haz lo que quieras menos llamar a la policía. Nos enteraríamos y lo podrías pasar muy mal. ¿De acuerdo?

Era un trato razonable y me mostré de acuerdo. La gente debería resolver siempre así sus problemas, sin coacciones por medio. Y yo no tenía nada que objetar a sus amables palabras.

Más cuando el de la risa más potente volvió a señalar la nuca imitando con la mano la forma de una pistola.

Inicié la cuenta en voz alta. La voz me temblaba por el frío del amanecer. Oí cómo el camión se alejaba dando algunas explosiones. Al llegar a doscientos, me quité la capucha y pude ver que me encontraba en el centro de un pueblo. Delante de mí había un edificio de dos pisos con una inscripción en euskara: *Ganeko etxe*. A la derecha, una iglesia de estructura robusta. Entre ambas construcciones, me decidí por el edificio con la inscripción, cuyas mesas situadas en el exterior indicaban claramente que se trataba de un establecimiento público. Tuve una alucinación con sabor a café y me dirigí hacia la puerta.

IX

La adolescente de rubia melena que se asomó a la ventana del edificio se me antojó un hada de cuento, a pesar de que sus ojos legañosos delataban que la había despertado de un largo y profundo sueño.

—¿Qué quiere? —me preguntó con un leve acento en la voz.

—Ca-café —respondí con la lengua trabada por el frío—. ca-café, por favor.

Otra voz femenina salió desde el interior de la casa. No pude entender lo que decía porque se expresaba en euskara. La cría me echó una ojeada antes de responder:

—Hay un tartamudo que quiere café, *amatxo*.

La voz del interior volvió a decir algo y la niña desapareció de la ventana sin dar una respuesta a mis peticiones. Me quedé en la puerta esperando por si la decisión hubiera sido favorable a mí, aguantando el frío a base de saltos que para cualquier observador imparcial habrían resultado ridículos. Unos instantes más tarde, la puerta principal se abría. La que supuse dueña de la voz que había salido del interior se presentó ante mí. Tenía cara de haber dormido poco. Se trataba de una mujer de unos cuarenta años, rubia y de ojos claros.

—Pero, ¿sabes qué hora es? —me dijo tuteándome, sin esperar a que yo respondiera nada, y fijándose en mis ropas con mirada curiosa. Luego, se apartó para franquearme la entrada. Me señaló una mesa en una esquina y se puso a manipular la cafetera. Comencé a entrar en calor sufriendo algunos escalofríos, pero feliz de escuchar el cálido sonido de los golpes que acompañan al rito de la preparación de un café de máquina. La rubia se paseaba eficiente realizando sólo los movimientos precisos para su tarea, sin prestarme ninguna atención. Colocó un par de tazones sobre la mesa y volvió para acercar un paquete de galletas, una fuente de fruta y cigarrillos, uno de los cuales colgaba ya encendido de sus labios.

El primer sorbo de café obró un milagro en mi cuerpo. Me asaltó una tiritona que dominé a duras penas. Tomé más café y devoré las galletas ante la mirada curiosa de ella, que alternaba pequeñas dosis de su taza con tranquilas chupadas al cigarrillo. Me dejó terminar antes de abrir la boca:

—No has dormido, ¿verdad? Y te has puesto el traje como para ir a una fiesta. Vaya juergas te debes correr tú con esa cara de no romper un plato. ¿Quieres más café?

Acepté la invitación y ella volvió a repetir su eficiente demostración de habilidad profesional. Con el segundo café me animé a demostrar que yo también era capaz de hablar:

—¿Qué es esto?

—Pues un bar, ¿no lo ves? —me respondió con cara de guasa.

—No, si pregunto que dónde estoy, en qué pueblo.

Ahora puso cara de asombro:

—¿Que no sabes dónde estás? Vaya noche has debido pasar. Estás en Bérriz, ¿te suena?

La cara que puse fue suficientemente expresiva.

—¿Y te suena Eibar? —insistió.

—Sí, sonarme me suena, pero así al pronto no caigo.

—¿Y te suenan Vizcaya y Guipúzcoa?

—Claro —dije muy seguro de mí.

—Pues estás casi entre las dos, pero en Vizcaya.

La descripción era tan genérica que no me sirvió de nada, pero me di por satisfecho antes de que considerara que era subnormal.

—¿Y qué haces por aquí? —me preguntó de sopetón.

—Soy periodista, estoy haciendo un reportaje.

—¿A estas horas? Serás de Madrid, claro.

Hice un gesto de reconocimiento, aunque no pude reconstruir la relación que ella establecía entre mi extraña aparición y mi procedencia geográfica.

—Los de Madrid hacéis cosas muy raras —sentenció.

Preferí no desmentir su apreciación y me contuve para no contarle todo lo sucedido. Ello redundó en un beneficio directo para la KBB, porque no quiso cobrarme las consumiciones. A duras penas, conseguí que me cobrara las llamadas telefónicas. La primera, a Nekane. Fue penosa la conversación, porque estaba esperando que hubiera alguna noticia. Sin embargo, pude convencerla de que no me fuera a buscar, con el pretexto de tener una nueva pista para ir en pos de su marido. La segunda llamada fue al hotel. Sara cogió el teléfono. Su voz delataba que era la tercera persona a la que despertaba ese día. Bastó un poco de aderezo misterioso para que se ofreciera a recogerme llena de entusiasmo.

Pasé la espera amodorrado en la mesa donde Mari Tere, la dueña del bar, me había instalado desde que llegué. Sara llegó a bordo de un Alfa Romeo de esos que salen en las películas tripulados por hijas rubias de banqueros vestidas completamente de negro. La curiosidad la consumía. Me hizo subir al coche sin darme apenas tiempo para despedirme de Mari Tere. Con un pitillo colgando de los labios, me hizo saber que cocinaba la mejor merluza de Euskadi, que estaba invitado cuando quisiera. Sara parecía considerarme de su propiedad particular:

—Qué pronto hace usted amistades.

Me encogí de hombros y aproveché la circunstancia para adornar mi precario estado con un aire mundano.

—Vamos al hotel —ordené, y me respondió un gemido de neumáticos. Lo demás prefiero no recordarlo. Nunca había visto tan de cerca las ruedas de los camiones. No hablamos durante todo el camino. Ella se entregó a la tarea de aterrarme y yo, con no menor entusiasmo, a la de aferrarme con ambas manos al cinturón de seguridad mientras hacía examen de conciencia.

Intenté que se quedara en el vestíbulo del hotel mientras yo me daba un relajante tratamiento de baño y cambio de ropas, pero fue inútil. Estaba dispuesta a no perderme de vista en tanto no quedara todo aclarado. Así que decidí darle un escarmiento. Una vez en la habitación, me introduje en el cuarto de baño, abrí los grifos de la confortable bañera y dejé que la espuma creciera como es su obligación. Me anudé una toalla en torno a la cintura y me afané en un cuidadoso afeitado con la participación especial de las mejores tonadilleras de la posguerra. Cuando emprendía la delicada misión de rasurar los recovecos del mentón, la puerta se abrió bruscamente, lo que me costó el primer corte del día. Sara había perdido la paciencia, lo que sus manos en las caderas se encargaban de poner en evidencia.

—¿Me va usted a contar de una vez qué ha sucedido?

—Cuando haya acabado de asearme. He pasado una noche como para merecer un rato de intimidad y tener derecho a relajarme a solas. Mejor será que se vaya, porque pienso continuar a lo mío.

Para demostrar que iba en serio, comencé a desanudarme la toalla. Pero no se inmutó. Así que emulé a los más grandes artistas de la historia del cine para meterme en la bañera sin que se me viera un centímetro indebido de piel. La toalla se resintió y quedó inservible para su función de secar pieles húmedas, pero mi pudor quedó a salvo, bastante más que mi dignidad. Luego, me tumbé con los ojos cerrados para no ver la sonrisa de Sara, pero no lograba estar a gusto. Bañarse delante de un extraño no es fácil. Así que me aseguré de que la espuma se agrupaba en los lugares adecuados y presenté mis condiciones:

—Me rindo, pero déjeme tranquilo.

—De acuerdo, no miraré. ¿Qué ha pasado?

Se sentó en la banqueta del baño casi dándome la espalda y encendió un cigarrillo. Me dejó explicarle lo sucedido sin hacer una sola interrupción. Luego, se volvió hacia mí con expresión de furia contenida:

—Ha tirado cinco millones.

No pude responder nada. Era un buen resumen de lo sucedido. Me encogí de hombros y me dediqué a frotarme los pies. La tensión fue rota por una llamada a la puerta. Sara abrió sin consultarme. Unos segundos después, el sueco, Trapero y un individuo rechoncho al que yo desconocía se acomodaron en el baño en torno a mi provocativa figura.

Trapero intervino sin previo saludo:

—Los japoneses no pasarán, ¿eh Gálvez?

—Me temo que sí, Trapero. No he podido hallar a Unzueta.

—No sólo eso, sino que ha perdido los millones —intervino Sara con el rencor de un banquero.

Therborn salvó la situación con su sangre fría:

—Debemos estar calmadas. No importan millones si posible encontrar Unzueta. ¿Posible encontrar Unzueta, señor Gálvez?

La puerta volvió a sonar. Sara ofició nuevamente de maestra de ceremonias e introdujo esta vez a Nekane en el reducido cuarto de baño. Yo me dejaba escurrir cada vez más hacia el fondo de la bañera, rodeado de una atenta audiencia muy poco sensible al hecho de que la espuma se fuera diluyendo en el agua y que me viera obligado a tapar mis partes pudendas con una mano sumergida. Para colmo, la temperatura del líquido descendía con rapidez. Sara me ahorró nuevas explicaciones y se encargó de poner al corriente de lo sucedido a Nekane, una vez que ésta le aclaró su identidad. La situación resultaba ya insostenible. Mi voz salió como un gemido:

—Por favor, me estoy helando, ¿les importaría que siguiéramos la charla en la habitación?

Todos asintieron, pero mantuvieron sus posiciones en torno a mí mostrando su abatimiento en los rostros compungidos. Esta vez acompañé la voz con un castañeteo de los dientes:

—¿Podría alguien darme una toalla?

Se inició una competencia entre Trapero, Sara y el señor rechoncho por acercarme lo pedido. Al fin, Trapero se salió con la suya. Su rostro aparecía satisfecho por haber podido demostrar que su presencia allí era de utilidad. No era hombre propenso a la desmoralización. Al tiempo que cubría mi pudor con su cuerpo y la toalla extendida, me murmuró:

—No tema, Gálvez. Yo sé que encontraremos una salida.

Rechacé sus intentos de frotarme la espalda para ayudar a mi secado y me lancé al dormitorio para buscar ropa limpia. Me siguió una triste comitiva que fue aposentándose como pudo en las camas y las dos sillas. Cinco pares de ojos me observaron atentamente mientras hurgaba en la bolsa en busca de algo que ponerme. Cuando hube reunido la muda, me volví hacia ellos:

—Esperen un momento. Me voy a cambiar en el baño. Ya no hace falta que me acompañen.

Cuando volví, sus caras tenían el mismo aspecto abatido. Sentí que podía llevar la esperanza a aquellas almas atormentadas y les expuse mi sencillo plan:

—Queda una salida, buscar a Otxia en San Juan de Luz.

Trapero saltó de su asiento y me agarró las dos manos esta vez:

—¡Bravo, Gálvez! Sabía que usted tenía recursos. No en vano le recomendé para esta tarea.

Me deshice como pude de sus garras húmedas y me coloqué delante del sueco. Su organizada mente ya estaba trabajando mi propuesta. En un momento hizo todos los arreglos:

—El señor director del banco —y el individuo rechoncho inclinó la cabeza para afirmar su identidad— estará dispuesta a todo hora para dar dinero. Su hija le acompañará para ayudar. Trapero y yo nos volvamos a Madrid a esperar.

Su plan sólo tenía un defecto, que ignoraba a Nekane, quien comenzó a arrojar furiosas miradas a Sara, la auténtica vencedora en el nuevo reparto de papeles.

—Pero se trata de mi marido —dijo.

—Por eso, señora, no podemos tolerar que su familia sufra más en esta auténtica guerra revolucionaria.

Trapero estaba en vena de aciertos. Sus ojos miraban al vacío al expresar tan sofisticado pensamiento. Therborn movió la cabeza de un lado a otro en ademán desesperado. Nekane salió dando un portazo después de fulminarme por mi involuntaria traición, y Sara irguió el busto orgullosa de su papel.

La reunión se disolvió de inmediato. El Estado Mayor había tomado sus decisiones y no había más tiempo que perder. Sara estaba radiante de satisfacción:

—¿No quiere ahora seguir con su baño?

Negué con la cabeza, abrumado por lo que se me venía encima.

—Entonces, me toca a mí —dijo con naturalidad, y se dirigió al baño dejando tras de sí una estela de humo. Cuando se comenzó a oír el sonido del agua en la bañera, tuve un impulso vengativo:

—¿Quiere que hablemos mientras se baña?

Cerré los ojos al verla salir medio desnuda:

—¿Cómo dice? —y se volvió a introducir en el baño tapando con sus carcajadas el sonido del agua.

Decidí no intentar nada más con ella. Estaba visto que siempre me ganaría por la mano.

X

Siempre me han deslumbrado las mujeres envueltas en toallas. La culpa debe ser de Kim Novak. Sara no era una excepción a esa debilidad mía. Cuando terminó de arreglarse en el baño, se introdujo en la habitación con una toalla en la cabeza y otra enrollada al resto del cuerpo. La fortuna quiso que las toallas del hotel fueran lo suficientemente grandes como para no obligarme a mirar al techo todo el rato.

—Bueno, ¿cuál es el plan? —dijo dándose la primera pincelada de rimmel en los ojos.

—Creo que buscarle a usted un hotel. Luego, ya se verá. Hasta mañana no pienso comenzar la búsqueda de Otxia. Estoy agotado y Unzueta bien puede pasarse un día más dondequiera que se encuentre.

—Pues no sé por qué hay que buscarme un hotel. Además, tengo urgencias mayores, como llenar el estómago. Y para terminar, podríamos discutir eso de que te pases el día dando órdenes. Tu jefe ha dicho que busquemos juntos a Otxia, así que le buscamos juntos, no tú con tu chófer —dijo de una tacada, comenzando a tutearme.

Se me olvidó que llevaba la toalla. Aquella chica me enfurecía. Tenía tal dominio de sí misma que podía resultar insultante. Era una niña de papá metida a aventurera, mientras que yo no era más que un mísero aventurero forzoso. Pronto me dio ocasión para expresarle lo que sentía al respecto. Con aire inocente me preguntó:

—¿Y por qué te metes en estos líos?

—Muy sencillo, Sara, porque si no sigo en el asunto, me podrían descontar del sueldo mensual en la KBB cinco millones de pesetas, lo que supondría ocho años de mi vida trabajando gratis para la empresa. Porque yo cobro allí cincuenta mil al mes, ¿lo entiendes?

La había dado bajo la línea de flotación. Seguramente era la primera vez que se tropezaba con alguien que ganaba cincuenta mil pesetas al mes sin pedir limosna. Se quedó sorprendida, mirándome casi con lágrimas en los ojos, y por primera vez desde que la conocía no supo qué responder. Dejé que sufriera un poco más antes de añadir:

—Ahora ya lo sabes. Te invito a comer al mejor restaurante que conozcas en Bilbao. Y no te preocupes, que paga la empresa.

Pudo ser una falsa apreciación por mi parte, pero me pareció que se tapaba algo más las piernas con la toalla después de mi intervención, tan marcada por el dramatismo. Luego, se levantó y fue a vestirse.

—Gálvez, eres un populista —dije para mí mientras esperaba su reaparición.

Llevada seguramente por mi perorata, me condujo a un restaurante de las siete calles muy poco lujoso pero de calidad en la comida. La primera media hora nos la pasamos casi en silencio. Después, decidí darle cancha:

—¿Y tú, por qué te has metido en esto? —pregunté.

—He acabado Económicas y quiero trabajar en alguna de las empresas del banco. Mi padre me tiene puesta a prueba, para ver si valgo para hacer cualquier trabajo. Quiero demostrarle que puedo hacer lo que sea.

—¿Aunque sea tratar con ETA?

—Eso es algo que resulta obligado aquí en Euskadi si se tiene que ver con negocios. Tarde o temprano hay que tratar con ellos. Y es mejor hacerlo sin intermediarios, que no siempre son de confianza.

—Hablas del chantaje como si fuera una operación comercial más.

—No lo simplifiques. No se puede hablar de ello como de un chantaje. Desde Madrid se ven las cosas muy fáciles. Si no fuera por este procedimiento, ETA no podría existir. Y sin ETA, no se habrían conseguido muchas cosas en este país.

Su momentánea modestia se había extinguido. Ahora le brillaban los ojos y jadeaba al hablar. A mí me parecía inconcebible que la hija de un banquero, dispuesta a realizar funciones de banquero, se mostrara tan comprensiva con actitudes que iban directamente en contra de sus intereses.

—Al fin y al cabo, no se trata de tu dinero. Paga la KBB, naturalmente. Pero, ¿y si se tratara de alguna de las empresas de tu padre?

—Es que no puedes entenderlo. Los madrileños no pueden entender nada de lo que aquí sucede. En este caso se trata de algo excepcional. Lo normal es que se resuelvan las cosas de manera más civilizada, por medio de aportaciones que se negocian. Mi padre ha pagado a ETA desde hace varios años, aunque ahora ya se muestra más remiso a ello.

—Pareces verlo de forma muy natural. Yo he visto la circular que se envía para pedir el dinero. No es precisamente muy amable con los clientes. Les llaman traidores y otras cosas similares...

Me cortó la perorata con un torrencial despliegue de argumentos más parecidos a un ejercicio de militancia que a una argumentación dirigida a convencerme:

—Es que es cierto que la oligarquía vasca ha traicionado al pueblo, que ha pactado siempre con Madrid a espaldas de las masas populares. Ahora deben pagar por lo que hicieron. Aunque muchos se van a ir sin pagar. Luego te enseñaré algo.

—Pero, entonces, ¿qué pintas en todo esto, qué haces trabajando para tu padre, un representante más de esa oligarquía?

Me daba una cierta vergüenza emplear una terminología como la que estábamos usando, pero pensé que no había otra manera de entenderse que aceptar el lenguaje común, pese a que me sonara bastante tópico; era algo así como volver hacia atrás en el túnel del tiempo. Hasta entonces, yo pensaba que se trataba de palabras que estaban en desuso. Sara lo tenía muy claro, o eso parecía:

—Yo trabajo con mi padre. Es decir, trabajo. Realizo mis funciones y luego está mi vida y están mis opiniones particulares. Que el director del banco sea mi padre no cambia las cosas. Luego, habría que ver también si mi padre pertenece a la oligarquía. Eso que dices no está tan claro. Mi padre es un buen patriota, con sus contradicciones, como todo el mundo.

—¿Y tú? —me atreví a preguntar.

—Yo voto al pueblo, y milito con el pueblo. Los partidos que hay son una mierda.

—¡Jesús bendito!

No dije más que eso. Y me cayó una auténtica tormenta encima. Volvía a perder el terreno ganado. Arrojaba sobre mí una mezcla de desprecio e ira. Daba por supuesto que yo, por ser de Madrid, era incapaz de entender nada, y ofrecía una magistral lección de cómo la democracia sólo se daba en las asambleas populares, «aunque vayan quinientos, ¿y qué?». Y yo me tenía que callar porque no era quien para opinar de algo que no me concernía.

En un arranque me sacó casi a la fuerza del restaurante, me subió al coche y se lanzó sin decir palabra. Los indicadores marcaban la dirección a Getxo. Una carretera estrecha discurría a lo largo de la ría, poseedora de una rica gama de colores repugnantes, de olores que podían provocar el vómito. A la izquierda, al otro lado, las casas se arracimaban sin dejar apenas espacio para calles. Edificios cubiertos de hollín de decenios se alternaban con estrechas edificaciones fabriles decoradas por una variada colección de cristales que ya no dejaban pasar la luz, otros simplemente rotos, chimeneas que arrojaban humo blanco, humo negro, a veces humo rojo. Calles casi invadidas por montones de ferralla, grúas en movimiento, sirenas, barcos oxidados apoyados contra los muelles, coches abandonados con la chapa invadida por el orín. Olor a amoníaco, olor a sulfídrico, olor a pescado en putrefacción, olor a simple mierda. Y un cielo plomizo, insólito por su cercanía, al parecer dispuesto a engullir todo aquello que se iba concentrando en el lugar inhabitable donde habitaban gentes con pulcros impermeables y botas de color amarillo brillante, con txapelas y paraguas negros. Y una fina lluvia que empapaba a decenas de críos sucios como la ría, que parecían gozar de su paisaje natural como si no conocieran la existencia de otros árboles y parques. Y después bloques y más bloques de viviendas a cuyo alrededor se adivinaba la insultante presencia de unos restos de verde.

—Más allá, Getxo.

Sara escupía la descripción. Me arrojaba a la cara, como si fuera mi responsabilidad, la brutal aparición del paisaje industrial. Y, más allá, Getxo, y después Neguri. Se detenía con delectación en cada uno de los palacios abandonados, también sometidos al desgaste del tiempo, a la huida de sus moradores. Gigantescas edificaciones para una sola familia y su ejército de servidores dominando una extensa bahía.

—Estos —me dijo— se han ido. Los del otro lado no pueden irse, porque se morirían de hambre y tienen que quedarse para respirar y comer mierda. Esta es la oligarquía que pacta con Madrid, que vota a Alianza Popular y apoyó a Franco. Los del otro lado, los de ahí mismo, son el pueblo del que te hablo, emigrantes casi todos, gente que vive en Euskadi, como lo era Txiki. ¿Entiendes ahora algo?

Yo no sé si entendía algo, pero me sentía agredido, como si se me echara la culpa de lo que allí pasaba, de un siglo de historia. Me callé, estremecido por el salvaje contraste que se producía en muy pocos kilómetros.

—Esto es Euskadi. Una mierda. Pero te voy a enseñar cómo era Euskadi.

Estaba imparable, y la dejé hacer. Me condujo al hotel y me obligó a pagar la cuenta y sacar mi equipaje. Su rostro permanecía adornado por una expresión iluminada y no emitía más palabras que las justas para comunicarme en cada momento los conocimientos precisos que servirían para construirme la idea que ella quería que me construyera.

La carretera hacia Bilbao es un rosario de curvas que transcurren por un paisaje idílico. La lluvia empapaba todo y daba unos reflejos extraños en el atardecer que ya se anunciaba. La carretera era un cristal pulido bordeado por el verde de los eucaliptus usurpadores de los robles y las hayas autóctonos. Y el camino se adornaba constantemente por la aparición de algún caserío de sólida estructura, aislado habitante de algún prado.

Cada pueblo por el que pasábamos iba adquiriendo una tétrica historia de muertes y humillaciones. Sara conocía cada una de las emboscadas, el nombre y la fecha de cada muerte, de cada vida truncada. El detalle del cuerpo arrastrado sobre una bolsa de plástico para contemplación y escarmiento de todo un pueblo; el reguero de sangre que llegaba justo hasta allí; la pensión donde llegó herido y no le abrieron porque se creían que sería la policía y luego le acribillaron en las afueras; enfrente del cuartelillo que parece una fortaleza de cartón piedra, el bar en el que entraron varios vestidos de paisano y dejaron al dueño cosido a balazos. No era una historia heroica, era una historia de acosos la que Sara contaba.

Guernika, Lekeitio, Ondárroa, Ispáster, Mundaka, Mutriku. Los nombres se sucedían plagados de cadáveres, repletos de sangre y hechos violentos sobre un paisaje idílico. Las campanas de la catedral en Lekeitio señalaron nuestro paso y contemplamos enmudecidos por el asombro un atardecer de lluvia fina sobre los tupidos bosques que morían bruscamente, cortados a pico, cayendo en el mar embravecido.

La noche acompañó el resto del camino hasta San Sebastián. Sara me condujo hasta el hotel Londres.

—Paga la empresa y podrás ver la Concha al despertar —dijo.

Me dio la satisfacción de pedir dos habitaciones. Parecía haber decidido que la paz reinara en nuestra extraña y efímera sociedad. El final del camino lo habíamos hecho en silencio. Reconocí para mí que el relato de Sara me había impresionado. Seguía sin estar de acuerdo con ella, pero era muy difícil mantenerse impertérrito frente a sus argumentaciones.

Desde la habitación se podía contemplar la belleza de la bahía.

El monte Igueldo, el Ulía, la isla de Santa Clara y la Concha estaban iluminadas. Las hojas de los tamarindos daban un toque de insólita delicadeza a un paisaje pleno de intervención humana. Embobado por la contemplación del paseo, pasé un largo rato fumando asomado al balcón, sin percibir el frío húmedo que me calaba hasta los huesos. Un escalofrío me despertó de la fascinación. Y decidí darme otro baño para recuperar mi estado de ánimo y (por qué no reconocerlo) seguir disfrutando de la vida en hoteles rumbosos.

—Un buen baño bien vale un secuestro —dije en voz alta antes de meterme en la bañera humeante y espumosa.

Nunca lo hubiera dicho. A partir de ese momento, todo sucedió de forma vertiginosa. Primero, sonó la puerta. No hice caso y siguió sonando. Salí dejando un reguero de agua tras de mí, abrí con cautela y, naturalmente, se trataba de Sara. Naturalmente también se echó a reír:

—Parece que nuestra relación está condicionada por las bañeras de los hoteles.

No hizo caso de mis aspavientos y me siguió hasta el baño. Volví a hacer una demostración de equilibrio para meterme en la espumeante agua y dejé que comenzara a hablar:

—Mira, he pensado que el programa podría ser el siguiente...

En ese punto, la puerta volvió a sonar por culpa de unos nudillos impacientes. Le dije a Sara que ignorara el ruido, pero se empeñó en abrir. Yo coloqué la espuma de la manera más adecuada para recibir a las cinco o seis personas que vinieran a interesarse por mí, como venía siendo costumbre.

—Que pasen, que pasen todos —grité para que Sara me oyera.

Pasaron. Primero Sara, pálida como una muerta. Luego, dos tíos con aspecto realmente impresionante. Uno tenía en la cara más granos que una sopa de tapioca y no habría cabido en el aparato de tallar a los mozos en el ayuntamiento de su pueblo. Para más adorno, llevaba una pistola colgando de una de sus manazas. El otro debía ser el maligno de la pareja. Bajito, delgadito, con gafas y aire repelente de economista aplicado. Portaba una pequeña cachiporra de goma, aunque supuse que ocultaría alguna otra pistola en su indumentaria. Intenté levantarme de la bañera al verlos entrar, pero me indicaron con un gesto que eso no era conveniente para mi salud, así que volví a lo que parecía ser mi estado natural: la inmersión.

El bajito hizo una seña al gigante. Parecían traerlo todo muy bien ensayado. El gigante cogió a Sara, la inclinó sobre la bañera y le metió la cabeza debajo del agua. Sara comenzó a patalear. El otro se reía con el beneplácito del pequeñito. Cuando salieron las primeras burbujas que indicaban que el aire se escapaba de los pulmones de la chica, el que la sujetaba se volvió al otro:

—Manolo, ¿la subo?

El bajito asintió y Sara emergió con el pelo lleno de espuma y los carrillos morados, boqueando en busca de aire. Yo permanecía quieto, incrédulo ante la escena que se estaba representando. La cabeza de Sara volvió a hacer el mismo viaje un par de veces más. Lo único que se me ocurrió fue pedir que la dejaran en paz:

—Háganmelo a mí. Por favor, suéltenla.

—No te preocupes, que después vas tú —me dijo el bajito.

Era gente de palabra. No tardaron en hacerme lo mismo. Sólo que conmigo, por aquello de la solidaridad interhombres, se les fue un poco la mano. A la tercera inmersión había tragado jabón para regalar a una cadena de hoteles de lujo. Por suerte, no hubo cuarta. Cuando logré recuperar la respiración pude ver a Sara sujeta por el bajito que la mantenía en una forzada postura pellizcando uno de sus pechos por debajo del jersey. El tipo hizo otra seña a su compinche. Yo me apresté para sumergirme voluntariamente en el agua pero esta vez no querían eso. El gigante apartó la espuma y me agarró los testículos por debajo del agua. En un instante me los dejó reducidos a una masa dolorida. A duras penas pude mantenerme consciente. Oía gritos que luego supe eran de Sara.

Unos minutos después, pude recobrarme lo suficiente como para ver de nuevo lo que había a mi alrededor. El gigante miraba con ojos lúbricos a Sara, que se mantenía encogida en el suelo. Sus gemidos me hicieron estremecer.

—¿Seguimos, Manolo? —dijo el gigante.

—No, ya basta —dijo el otro para decepción del primero, y luego se dirigió a mí—. La próxima vez, le dejaré terminar con los dos. La chica lo pasará peor, porque este salvaje lleva mucho tiempo de castidad. Te voy a explicar lo que tienes que hacer: deja en paz a Unzueta, no buscarle más. ¿Estás de acuerdo?

Entre tos y tos pude decirle que sí. Parecieron quedarse satisfechos con eso. Pero sólo lo parecieron, porque el gigante levantó a Sara del suelo y, apartándole las manos de la cara, le dio un bofetón que la envió a compartir la bañera conmigo.

—¿Te ha gustado, Manolo? —fue lo último que dijo. La puerta no hizo ruido al cerrarse. En algo se tiene que distinguir a la gente educada.

Nos pasamos un rato abrazados en la bañera, entre sollozos y gemidos. No fue fácil sacar a Sara del agua. La ayudé a desnudarse (lo que también empezaba a ser una extraña costumbre en mi viaje a la busca de Unzueta) y juntos comprobamos que ninguno de los dos necesitaba los auxilios de un médico. Yo me vestí y ella quedó, envuelta en una de las mantas de hotel, tumbada sobre la cama. La discusión sobre la forma de distribuirnos para dormir no se produjo. Se negó en redondo a abandonar mi compañía y permitió que la abandonara sólo para ir en busca de su ropa a la otra habitación.

—Es natural que quieras quedarte —dije sin ninguna intención bromista—, así te sentirás más protegida.

Lo curioso es que no le dio un ataque de risa. Sólo le dio hambre, y se animó a encargar una ligera cena por el teléfono. La cena incluía un filete de ternera crudo que utilizó para aliviar su cara tumefacta por el golpe.

Acabamos la velada como se tiene que acabar una velada así: abrimos la nevera y nos dedicamos a consumir todas las existencias alcohólicas contenidas en pequeños botellines. No nos molestamos en rellenar el impreso adjunto para la conserjería del hotel. Bastaría con escribir que nos lo habíamos bebido todo.

—Cómo son de expeditivos tus amigos —me atreví a comentar cuando ya el alcohol había hecho presa en ambos.

—No son mis amigos —respondió—, ésos no son vascos. Más parecen policías o así.

No tenía ganas de discutir con ella, pero algo me hizo meditar: el estilo de los tíos. Era muy similar al del borracho que me había metido en líos en la discoteca de Madrid. Algo indefinible les hacía semejantes.

—¿Todavía quieres seguir en esto? —le pregunté a Sara cuando daba los últimos parpadeos.

—Pues claro.

Y se durmió.

XI

Una resaca compartida por dos personas tiene la evidente ventaja de que nadie intenta hablarle a uno, no hay peligro de que un intento de comunicación inoportuno rompa todas las fibras sensibles del cerebro.

Sin necesidad de intercambiar palabra alguna, nos dirigimos a desayunar a *Gaviria,* una cafetería con terraza situada en la avenida de la Libertad, junto al hotel. Dos cafés con leche más tarde, comenzamos a intercambiar mensajes simples, asimilables por neuronas maltrechas.

—Otxia —dije economizando palabras, a lo que Sara asintió. No tuvimos ni que discutir acerca de la amable advertencia del día anterior.

La resaca no restaba facultades para la conducción a mi acompañante. Batimos el récord hasta llegar a Hendaya contando con la permisiva actitud de los aduaneros franceses. Luego, siguió sin parar hasta San Juan de Luz, pasando por Ciboure y Sokoa. El paisaje urbano de estas poblaciones seguía siendo genuinamente vasco, con la particularidad notable de estar mucho más cuidado. Era una especie de Euskadi ajardinado.

Dejamos el coche en un largo paseo que bordea la bahía. Sara me dio una lección histórica a propósito de la dominación inglesa sobre la zona mientras llegábamos al primer punto donde ella pensaba recalar: un café acristalado situado en el centro de la población. Nos quedamos en la parte exterior. Sara escrutó el aspecto de los clientes hasta encontrar dos individuos con barba que le parecieron satisfactorios. Me hizo una seña para que permaneciera sentado y se acercó a ellos. Mantuvieron una corta charla. Luego, volvió.

—Dicen que no conocen a ningún Otxia, se hacen los locos. Les he dicho que estaremos en este café todos los días a partir de mañana a la misma hora, las doce del mediodía. Seguro que son milis, es una cosa que se huele a distancia. Ahora nos vigilarán durante un tiempo hasta que Otxia se decida a contactarnos.

A partir de ahí, nos recorrimos todos los bares y cafés de la zona buscando parejas de individuos con barba. Sara, entusiasta, se encargaba —para mi alivio— de conectar con todos ellos después de haber «olido» su militancia política. Eso le supuso algunas incomodidades, como propuestas de *menages à trois* y cosas así, pero casi siempre volvió satisfecha. En Biarritz las cosas sucedieron de forma parecida, de modo que pensé que si el tal Otxia existía nos lo teníamos que haber tropezado ya, porque entablamos contacto con la mitad de la población del territorio. Al menos a mí me lo pareció.

Tomamos una habitación en Biarritz. Sara no permitió que la volviera a dejar sola. Y yo no tenía ganas de que me dejara solo, así que no opuse seria resistencia. Por fin, ya en el cuarto, pudimos pararnos a hacer algo de balance.

—Sara —pregunté—, ¿quiénes piensas que eran esos tipos?

—No lo sé, pero puedes estar seguro de que no eran de ETA. No se habrían comportado de esa manera. La desaparición de Unzueta, como cualquier otro secuestro político, no la resolverían así. Ellos actúan a la espera. Si le retienen, tendrán sus razones y no pueden pensar que tú y yo vamos a encontrarlo por nuestros propios medios. No suponemos ningún riesgo para ETA. Serían policías.

—La policía no sabe nada de este asunto —objeté—. No ha habido denuncia ninguna. Si fueran policías nos habrían asustado con la placa.

—¿Entonces?

—Sólo queda una posibilidad —dije—, que sean matones contratados por alguien. Olían a matones.

—Pero ¿quién iba a contratar a alguien para que no encontráramos a Unzueta? A no ser su mujer, claro. No debe tener ninguna gana de que vuelva semejante individuo. ¿Y si fuera la extrema derecha?

—¿Y qué va a tener que ver aquí la extrema derecha? Te estás volviendo paranoica.

—¿Y tú?

—Yo no estoy paranoico. A mí me persiguen. Es una diferencia.

La discusión quedó zanjada ahí. No había forma de ir más allá. Para saber de quiénes se trataba, el método dialéctico le enseña a uno que hay que conocer primero las motivaciones. Y a ninguno de los dos se nos ocurría que nadie tuviera el menor interés en quedarse con Unzueta.

—A ése sólo le quiere la KBB —concluyó Sara comenzando a quitarse prendas de vestir.

—Si intentas bañarte, te abandono —la amenacé—. Ya tengo suficiente experiencia en baños como para permitir que nadie lo haga en mi presencia —y me di la vuelta para no ver el resto del espectáculo que se avecinaba.

—¿No te parezco guapa? —dijo con voz insinuante.

—Claro —tosí, más que hablé, debido a la impresión.

—Eres como un hermano para mí, después de todo lo que estamos pasando juntos.

—Claro, mujer. Soy un hermano para ti como he sido siempre un hermano para todas las tías que he conocido. Eso cuando no he sido una madre. Porque a veces he sido una madre, ¿sabes? ¿Quieres que te desvista, que te frote la espalda, que te acune mientras te llega el sueño?

El estallido me sorprendió a mí mismo. Sara se quedó parada en medio de la habitación, con una pernera del pantalón fuera y la otra a medio sacar. Abochornado por mi comportamiento, salí a escape de la habitación y me fui a dar una vuelta. Llegué a tiempo para contemplar una puesta de sol que iluminaba la costa española. Luego anduve durante horas. Cuando volví, Sara dormía como una bendita. Yo tardé mucho tiempo en conciliar el sueño.

Al día siguiente, a las doce en punto, cumplíamos nuestro primer turno de espera a Otxia en un ambiente de cordialidad tan evidente que el camarero vacilaba en acercarse a nosotros, no fuera que tal acción le reportara algún daño físico.

Un tipo de algo más de treinta años con aire campesino se acercó a nuestra mesa y preguntó si podía sentarse. Yo le señalé la silla situada frente a mí, al tiempo que maldecía la costumbre europea de sentarse en las mesas ajenas en los cafés. El tipo se nos quedó mirando curioso hasta que se hartó:

—Bueno, ¿qué?

—¿Qué de qué? —le respondí con una feliz ocurrencia.

—Que me buscabais. Sé que me buscabais.

—Nosotros no buscamos a nadie —respondí agrio.

—¡Idiota! —la voz de Sara sonó de manera que intuí que se dirigía a mí. El único idiota que había en la mesa era yo, evidentemente; porque en el mejor de los casos el otro sería un idiota sin identificar. Sin embargo, el visitante se dio por aludido:

—Pues así no vamos a entendernos.

—No, si el idiota es éste —dijo Sara señalándome—, y tú debes ser Otxia, ¿verdad?

—No, yo soy la verdad. Me buscáis desde hace mucho.

Su presencia se agigantó al hablar. De sus minúsculos ojos marrón-verdosos dotados de un brillo tierno e inteligente salían chispas. Casi ocultaban su cara cubierta por una espesa barba, y hacían pasar desapercibidos sus más de cien kilos de peso.

—Yo soy el vástago de Túbal, su hijo y discípulo dilecto, rey por propio derecho de los vascos, raza maldita que se extinguirá si no escucha mi mensaje.

—Yo puedo irme porque no soy vasco —dije iniciando la retirada y largándole el muerto a Sara. Pero dos parroquianos interrumpieron mi marcha:

—Venga Oier, vamos, déjales en paz —y se lo llevaron.

Sara y yo proseguimos nuestra encantadora relación sin dirigirnos una sola mirada, hasta que apareció un segundo individuo de características físicas muy similares al alienado. Miró en derredor y se acercó a nosotros:

—Me buscáis.

—Se te han adelantado, macho, el hijo de Túbal nos ha vendido la mercancía.

—¡Idiota! —volvió a sonar la voz de Sara.

—Otxia —rectificó el recién aparecido—. ¿No queríais verme?

—No, si no era a ti, perdona —dijo Sara fulminándome con la mirada.

—Entonces, ¿por qué preguntáis por mí? —dijo el otro con evidente indignación en la voz.

—No, si sí es a ti, lo que digo es que no era a ti lo de idiota, que el idiota es éste y que te buscábamos.

Otxia no parecía entender muy bien el torrente de palabras que brotaba de la boca de Sara, pero optó por sentarse a nuestra mesa y abrir al fuego.

—No tengo tiempo que perder, ¿qué queréis?

—Queremos pagar para que liberéis a Unzueta.

No era la primera vez que me adelantaba en mi vida, pero reconozco que fue una de las más gloriosas. Al tipo se le hizo la boca agua con eso de que queríamos pagar. Sara intentó salir al quite:

—Unzueta llevaba mucho dinero encima. Tendríais que haberle soltado. Queremos hablar de las cantidades.

Otxia se rascó la barba con delectación y sus ojos astutos adquirieron un aire aún más astuto.

—Veamos —dijo al cabo de un rato—, Unzueta llevaba el dinero, ¿cuánto dinero?

—Diez millones —se apresuró Sara a decir para evitar que yo volviera a participar en la conversación.

—¿Y cuántos tenía que llevar?

—Quince —dijo Sara compungida.

—O sea —dijo contando con los dedos— que faltaban cinco

millones, ¿no? Y vosotros venís a ofrecernos el pago de esos millones para que se completen los quince, ¿no?

Ambos asentimos a su preclara comprensión de las cosas.

—Bueno —continuó—, pues vamos a hablar de ello. Pero antes, esperadme un momento.

Se levantó de la mesa y se sentó con otros dos individuos que tomaban café en el otro extremo de la zona acristalada. Durante un rato, se les vio discutir con cierta acritud, aunque lo hacían en voz muy baja. Después, hablaron por turno con calma y, al final, todos asintieron a la que debía ser la propuesta más ventajosa y razonable desde su punto de vista. Otxia se volvió a nuestra mesa para comunicarnos la decisión:

—Mañana a las doce venís con quince millones aquí mismo.

Sara no se arredró:

—Eso es una estafa. Cinco y ni uno más.

—Catorce y es mucho bajar —respondió Otxia haciendo que se lo pensaba.

—Seis —ofreció Sara.

—No hay trato.

—No hay trato.

Y ambos se quedaron mirando al vacío sin hablar. Decidí intervenir:

—Yo creo que...

La patada de Sara me dio en plena espinilla, y comprendí con mi habitual agudeza que me tenía que haber callado.

—Creo que es mejor que negocie con tu amigo —dijo Otxia.

—No, no... si a mí me gusta cómo lo hace ella... —acerté a decir—, si no tengo inconvenientes que poner a su forma de regatear.

Me cayó otra patada y mi boca quedó sellada hasta nueva orden.

—Siete —dijo Sara de improviso.

—No puede ser, no puede ser, es inaceptable —se lamentaba Otxia, muy afectado por la dureza de Sara.

—Sois unos traficantes, unos estafadores, una gentuza, no tenéis palabra —arreció ella.

—Yo así no puedo negociar —la interrumpió Otxia—, si me insultas no negocio. Luego decís que no negociamos, que somos duros, pero es que venís con un espíritu...

—Bueno, perdona, siéntate, retiro lo dicho —se echó para atrás Sara—. Siete y medio.

Tardaron media hora más en llegar a los ocho millones de pesetas. Otxia aducía que se trataba de una multinacional. Sara, que se trataba de un padre de familia, que la empresa no era tan saneada como parecía. Yo decidí que tenía que aportar una argumentación definitiva para bajar algo más la cantidad. Sara no había sabido jugar las cartas:

—Espera —le dije a Otxia con firmeza—. Tengo aquí un recibo de ETA político-militar por cinco millones de pesetas, ¿eso no cuenta? ¿Cómo vamos a pagar el mismo rescate tres veces?

Otxia quedó muy impresionado por mis palabras. Se sentó de nuevo y preguntó para cerciorarse:

—¿Les habéis dado cinco millones a los tíos esos? ¿Y por qué?

—Bueno, hubo un error. Contactamos mal y se quedaron con el dinero que llevaba. Pero me dieron un recibo y me dijeron que vosotros no ibais a cobrar otra vez algo que ya estaba pagado.

Por fortuna Sara no iba armada. Otxia me pidió el papel y lo miró con detenimiento. Se quedó un rato dándole vueltas a la cabeza y expuso su punto de vista:

—Así que les habéis dado dinero a esos traidores. Diez millones y a las doce en punto.

Fue su última palabra. Se levantó sin dejarnos dar respuesta y se marchó del café con sus compañeros.

—Has conseguido una buena rebaja —me comentó Sara con cariño desbordante—, idiota. Una hora de discusión para conseguir que lo dejara en ocho y tú lo subes a diez en cinco segundos.

—No soy ningún idiota —me defendí aunque sabía que sí lo era—, pero tampoco un traficante de seres humanos.

Sin advertirlo habíamos subido el tono. Todos los presentes en el café, que eran bastantes, se colocaban en posturas lo más cómodas que fuera posible para asistir a nuestro intercambio de opiniones. A Sara parecía no importarle, porque alzó aún más la voz:

—Sí, eres un idiota. Y si no eres capaz de acostumbrarte a las reglas del juego, te largas. Idiota e intruso. Eso es lo que eres.

Me dejó plantado en el café. El camarero se acercó corriendo para evitar mayores fugas.

—*¿C'est combien?* —dije con un acento inmejorable.

—*Quatre-vingt-treize francs, monsieur* —respondió con una exquisita entonación.

—*C'est trop. Quatre-vingt* —le dije, y me marché dejándole sin ninguna capacidad de respuesta, con los francos en la mano y la boca abierta como nunca la abrió ningún camarero francés.

La vuelta a San Sebastián fue épica. Pero me consolé pensando que, al menos, Sara me había dejado subir al coche. Había sido un día fructífero. Había aprendido a regatear a cambio de industriales vascos, había conocido al heredero de Túbal, había estafado trece francos a un camarero francés y había constatado que era un idiota. Un buen balance.

XII

Volvimos al hotel Londres. Sara comenzó a dar muestras de su eficiencia de forma inmediata. Llamó por teléfono a su padre y éste aseguró que los diez millones estarían reunidos por la tarde. Quedamos en pasar a las cinco por la sede del banco para perfilar los detalles de la recogida y preparar una estrategia para cruzar la frontera con tan voluminosa entrega de dinero.

Yo, por mi parte, tenía todavía que realizar una delicada misión: comunicar a la empresa el pago de diez millones de pesetas más de las previstas. Unzueta empezaba a ser un hombre muy caro, incluso para una multinacional sueca.

Trapero se puso al teléfono en seguida:

—Aquí Trapero —dijo a voces, como si el teléfono no fuera capaz por sí solo de transmitir sus palabras—, ¿hay novedades? Sepa que tiene usted todo nuestro apoyo, Gálvez, la empresa...

De nuevo Therborn cortó la verborrea del gerente. Su voz surgió un tanto gélida:

—Yo Therborn. Cuenta lo que pasa.

Le informé sin dar excesivos detalles de cómo habían transcurrido las negociaciones. No le conté nada de los matones ni de mi providencial participación en el regateo con Otxia. Therborn reaccionó como yo había imaginado que lo haría:

—Muy expensivo. Mucha dinero. ¿No forma de bajar dinero para soltar a Unzueta? El sólo ser delegado Vitoria. Muy expensivo para ser sólo eso.

Le expliqué que era muy difícil conseguir una rebaja, que se habían puesto muy serios, y que teniendo en cuenta la petición inicial de quince millones no estaba mal haber conseguido bajar a diez. Sara escuchaba la conversación haciendo muecas constantes. Cada vez que se oía la palabra diez, levantaba los brazos al cielo en solicitud de una tormenta de fuego que me aniquilara. Therborn se cabreaba también:

—Terroristas vascos, muy poco de fiar. Primero, pidan quince millones, luego roban cinco por un error y, al final, pidan diez millones de más. No puede se tratar con terroristas así. No es serio. Baader Meinhoff, mucha más seria banda. No posible negociar con terroristas irlandesas ni vascas. No serios.

—Pero, entonces, ¿pagamos o no pagamos? —le insistí.

—Un momento, Gálvez. No prisa.

El teléfono quedó mudo, mientras Therborn se dedicaba a algo que para mí era un misterio. Trapero aprovechó para tomar otra vez el teléfono y animarme:

—Gálvez, soy otra vez Trapero. La empresa le apoya, Gálvez, no flaquee ahora que está a punto de lograr su objetivo. Hay que pararles los pies a los japone...

Therborn volvió a tomar el auricular y se puso a hacer cuentas en voz alta:

—Veamos. Haber pagado venticinco millones para Unzueta. La inversión prevenida para el año próximo es dos mil millones. Es a decir que Unzueta aumentar un 1,25 por cienta de precio pensado. Es bien, es bien, pague. Pero Gálvez, intentar un poco menos de dinero. En Suecia pensarían muy bueno de nosotros si bajan dinero. Vascos terroristas no serios. Llamarme cuando termine.

Cortó sin seguir las más elementales normas de la cortesía. Incluso de la sueca. Sara se dignó por fin en dirigirme la palabra. La curiosidad pudo más en ella que el enfado:

—¿Qué pasa con el sueco, que le parece mal algo de lo hecho?

—No —respondí—, se queja simplemente de que el precio es alto y dice que los terroristas vascos no son de fiar.

—Pues del precio ya sabes tú quién tiene la culpa. Y de lo otro, pues que se fastidie y se vaya a otro lado.

Había agotado mi paciencia, y volví a perder los estribos, aunque esta vez no me quedó ninguna mala conciencia por mi reacción:

—Está muy bien lo que dices. La culpa la tengo yo. ETA no hace más que cumplir con su deber de organización armada al servicio de los intereses del pueblo. Del resto, os encargáis los comerciantes. Negociáis los términos más ventajosos a cambio de una vida humana, y luego todos tan contentos a casa. Si matan a Unzueta, ¿a qué manifestación vas a ir? ¿A la de protesta por su «ejecución» o a la contramanifestación? Te queda la salida más airosa: acudir a la contramanifestación y, además, presentar una querella contra ETA por incumplimiento de contrato. Eso dejaría a cubierto tus dos personalidades.

—Todo lo simplificas. Eres español y no entiendes nada.

—Déjate de rollos. Si matan a Unzueta, ¿qué vas a pensar?

—No van a matar a Unzueta —dijo terminante.

—¿Por qué lo sabes?

—Porque no hay razón.

—¿Y si no pagamos el dinero?

—Lo vamos a pagar —dijo, ya soliviantada—, y no va a pasar nada. Cuando hablas te olvidas de lo que es esto, de la tortura, de las muertes a tiros de chicos en la calle, de la opresión salvaje que ejerce el Estado sobre el pueblo vasco. No entiendes nada. Desde Madrid es muy fácil ver las cosas.

Tan amable conversación quedó cortada por la imposibilidad de que el diálogo continuara entre los dos. Sara había perdido realmente el control por primera vez desde que la conocía. Las lágrimas se le saltaban de los ojos. Yo estaba más acostumbrado a perder el control, así que no se me saltaron las lágrimas. Me conmovió verla tan afectada por la discusión, pero contuve los impulsos de confraternizar, harto ya de que todo lo resolviera con el argumento de que yo no entendía nada de nada.

A las cinco de la tarde estábamos en la sucursal del Banco de Crédito Alavés en la plaza de Guipúzcoa. El dinero estaba en un maletín de tamaño considerable, y el padre de Sara nos comunicó la agradable noticia de que tendríamos que llevárnoslo en aquel momento, que era imposible retenerlo en la oficina hasta el día siguiente:

—Ya corre bastante riesgo el banco participando en una operación ilegal de exportación de divisas. Lo mejor es que os lo llevéis esta tarde y desaparezca toda relación entre el banco y este suceso.

Cargado con el maletín y la alegre compañía de Sara, bajé a la plaza en dirección al coche, aparcado en lugar prohibido. Pese a su turbación, Sara estuvo muy rápida de reflejos:

—Julio —me dijo reteniéndome por una manga—, detrás del coche, en los soportales, están los dos tipos del otro día, los matones. Nos están esperando.

Sin previo acuerdo, los dos cambiamos la dirección de nuestros pasos hacia la primera salida de la plaza. Los tipos nos vieron y comenzaron a moverse hacia nosotros. El bajito lucía su babosa sonrisa. El otro se palpaba un bulto debajo de la chaqueta. No se andaban con rodeos. Aceleraron el paso sin miedo a llamar la atención. Nosotros hicimos lo propio. Al salir de la plaza emprendimos ya una carrera abierta. Sara me indicó que nos desplazáramos hacia la zona vieja para despistarles mejor.

Cruzamos la avenida sin que ninguno de los vehículos que pasaban consiguiera atropellarnos. Tampoco atropellaron a los dos que nos perseguían, cada vez más próximos a nosotros. Entramos en el barrio viejo a la carrera, esquivando cuadrillas dedicadas a tomar potes en los bares de las callejas. La maleta me pesaba como si se tratara de plomo y mis pasos se hacían cada vez más dificultosos. Sara se volvía de cuando en cuando para tirar de mí y animarme. Al llegar a la plaza, les teníamos al lado. Yo no podía dar un paso más y me volví resignado para hacerles frente. Sara siguió corriendo y se metió en un bar. Yo preparé la maleta para golpear con ella al primero que se me acercara. Desgraciadamente, se trataba del gigante. Pero no me dio ninguna oportunidad de intentarlo. Se detuvo a un par de metros de mí y se echó mano a la pistola. El bajito se situó a su lado:

—Venga, danos esa cartera, por las buenas. Si no, no nos cuesta nada pegarte un tiro aquí mismo.

—Si disparan, les detendrán —dije sintiéndome un poco más imbécil que de costumbre por la inconsistencia del argumento. El bajito hizo aún un intento para evitar la violencia:

—Estás equivocado. Aquí no entra la policía, y nadie nos conoce.

Hablaba muy seguro de sí y se jactaba sin pudor de conocer las costumbres del barrio. Afortunadamente para mí, no las conocía todas. Un nutrido grupo de gente comenzó a salir de los numerosos bares de la plaza y a rodearnos.

—¡Fuera, cabrones!, ¡a casa!

—¡Policía asesina!

—¡Que se vayan!

—¡A por ellos!

La expresión del bajito cambió de manera radical. Su tez se tornó pálida y empezó a mirar hacia todas partes con evidente nerviosismo. El gigante demostró ser bastante razonable:

—Vámonos Manolo, que vienen por nosotros.

El primer proyectil le dio al gigante en la espalda. Fue la señal para que ambos comenzaran a moverse. Agitando las pistolas, comenzaron a abrirse paso entre la cada vez más numerosa concurrencia. Los gritos arreciaban y ya eran varias docenas los que se unían al grupo salvador. Oí unas detonaciones antes de perderlos de vista. La gente comenzó a tirarse al suelo o a correr hacia los que se fugaban.

Sara se reunió conmigo y me lo explicó todo en unos segundos:

—Les he dicho que eran policías, que iban a detenerte.

No pudo explicarme mucho más, porque varios fornidos representantes de la raza indoeuropea nos tomaron por los brazos e iniciaron una manifestación espontánea. Era la primera vez en mi vida que me manifestaba con un maletín lleno de dinero y fue una experiencia muy interesante. No podía desilusionar a tanta gente junta. Me habían salvado de una situación muy comprometida, así que no les di el disgusto de abandonarles en aquel momento. Sara y yo íbamos en la cabeza de la marcha, maletín en mano, gritando «Presoak kalera», «Que se vayan, que se vayan», «Amnistía total» y cosas similares. Según avanzábamos por las estrechas callejas en dirección a la avenida se nos unían más entusiastas manifestantes antirrepresivos.

Al llegar a la avenida comenzaron a aparecer los primeros microbuses de la policía nacional. Se detenían con espectaculares frenazos y las puertas se abrían para vomitar un grupo de guardias armados con porras y fusiles lanzapelotas. Mientras se organizaban, algunos de los manifestantes comenzaron a volcar coches y a poner sillas de una terraza cercana en forma de barricadas. Los más osados se acercaron hasta el quiosco de música situado en el bulevar y, desde allí, cantaban el «que se vayan».

En pocos minutos la batalla se había generalizado. Los gases invadían la avenida y el sonido de los pelotazos se confundía con los gritos. La policía permanecía en la otra acera, hasta que un grupo intentó encaminar al grueso de los participantes en dirección al mar. Entonces, cargaron con todo. Pelotas de goma y botes de humo y, después, el cuerpo a cuerpo. Yo me aferraba a mis millones, intentando convencer a Sara de que nos marcháramos.

—¿Te vas a ir ahora? —me preguntó uno de los que me habían tomado del brazo en la plaza cuando advirtió mis intenciones.

Le hice un gesto cargado de significación en dirección al maletín y lo comprendió todo en seguida.

—Márchate pues, ¿cómo se te ocurre venir con eso?

—¿Lo ves? —le dije a Sara, y la arrastré hacia el interior del barrio en busca de una salida más tranquila.

Detrás de nosotros el fragor de la batalla crecía. Hacia nosotros convergía más gente dispuesta a poner su granito de arena en el follón.

—Yo no voy, que son los baturros —decía uno en la puerta de un bar.

—Quc no, tío, que ha entrado la policía en la plaza con pistolas —le razonaba otro, llevándoselo hacia el lugar del enfrentamiento.

Fuimos hasta el hotel dando un rodeo, sin molestarnos en buscar el coche para evitar así un posible reencuentro con los matones. El conserje nos hizo la cuenta sin mostrar mucha perplejidad porque abandonáramos una habitación a las pocas horas de tomarla. La clase es la clase. Luego, tomamos un taxi y nos dirigimos al hotel San Sebastián, al lado de Ondarreta.

Dimos instrucciones al conserje para que no comunicara a nadie que nos encontrábamos allí y encargamos algunos sandwiches y una botella de vino para no tener que abandonar la habitación. Sara había cambiado de humor. Después de todo lo sucedido estaba radiante:

—La que hemos armado —dijo con una sonrisa irreprimible en los labios.

—La que hemos armado —dije yo, desmoralizado.

—Pues gritabas bastante, así que no pongas esa cara. Has participado en la lucha del pueblo vasco contra la represión. Te has convertido casi en un héroe de la resistencia.

Me sorprendió su tono irónico, su alegría abierta. Había perdido de manera repentina todo el mesianismo anterior y se acercaba mucho a la imagen que yo tenía de lo que debería ser un ser humano. Eso bastó para aplacar mis ánimos y le propuse festejar el haber salido con vida. No se hizo de rogar y llamó a la conserjería. En lugar de la botella de vino —le dijo al conserje—, nos deberían subir tres de champán.

Cuando las botellas estuvieron en la habitación, acompañadas por un balde plateado repleto de hielo, abrió la primera apuntando contra el espejo, llenó las copas y brindó:

—Por Gálvez, víctima de la feroz represión del Estado, compañero de viaje y hermano.

Su tono enfático la hacía aún más atractiva que de costumbre.

—Hermana —respondí a su brindis—, cuando dejas de tomarte en serio a este país y a ti misma, dejas de ser una hermana para mí y te conviertes en una atractiva bruja.

—Una bruja vasca, la Mari —me respondió—. Las brujas vascas no son feas ni viejas, sino todo lo contrario. ¿Sabes una cosa, hermano? Me gustas como si no fueras mi hermano. O peor aún —y compuso una expresión perversa—, me gustas como si fueras mi hermano.

Bebía las copas de champán como si se tratara de agua. Cada vez hacía un brindis más sugerente. Yo pensaba que tenía una capacidad increíble para beber. A la cuarta copa me di cuenta de que se trataba de otra cosa: estaba bebiendo gran cantidad de alcohol para desinhibirse. Su lenguaje alcanzaba una progresiva desvergüenza y los últimos restos de trascendencia la habían abandonado, aunque había múltiples referencias a Euskadi y la política en sus brindis. Ya no escenificaba un papel. A la quinta copa, desapareció en el baño. No pude evitar el recuerdo de mi experiencia con Nekane y le pedí que no tardara. Pero me preparé para lo peor y me tumbé en la cama a fumar un cigarrillo, guardando siempre cerca de mí el maletín.

Mis pronósticos comenzaron a cumplirse. Sara tardaba en volver. No daba ninguna señal de vida. Encendí otro cigarrillo y abrí otra botella sin comprobar si estaba suficientemente fría. Daba igual. Lo mejor era terminar de emborracharse cuanto antes y hacer caso a los vascos: no iba a intentar entenderlos más.

Una voz me sacó de mi solitaria dedicación. Venía del baño:

—Julio, trae el champán.

Obedecí mansamente. Sara estaba en la bañera, rodeada de espuma y con una sonrisa etílica en el rostro.

—Ven —me pidió—, trae el champán y métete conmigo en la bañera. Anda, ven.

—Un momento —pedí al tiempo que dejaba el champán a su alcance.

—¡Julio, ven! —me reclamó cuando yo estaba otra vez en el dormitorio.

Antes de cerrar la puerta del baño, coloqué el maletín con el dinero sobre el lavabo. Vigilar un maletín con diez millones de pesetas al tiempo que se hace el amor es una tarea difícil pero no imposible. En todo caso, no se la recomiendo a nadie.

Sara consiguió que me olvidara del maletín.

XIII

Sara había tenido un novio lacaniano, lo que nos fue de gran utilidad para pasar el dinero por la frontera sin tener el menor problema de aduanas. Me explicó la teoría:

—Se trata de aplicar el truco de la «Carta robada» de Edgar Allan Poe. Lo que está a la vista es lo que menos se ve. Lo que no sé todavía es por qué mi novio decía que era cosa de Lacan si lo había escrito Poe. Pero, bueno, es igual, el caso es que si pones el maletín en el asiento no se van a dar cuenta de que está ahí. Si andan a la busca de divisas, desmontarán las ruedas, pero no abrirán la maleta.

Yo no tenía ninguna idea más brillante, así que cedí a la sabiduría de Poe y Lacan, probablemente muy duchos en esto de pagar el impuesto revolucionario en sus respectivos países. Por fortuna ningún aduanero ni español ni francés se paró a mirar si llevábamos diez millones de pesetas. Habríamos ganado mucho en experiencia, pero hay teorías que más vale no tener que comprobar nunca.

A las doce en punto entrábamos en el café previsto para la cita. El camarero se arrojó sobre mí y me explicó en un correcto castellano que lo que pidiera lo tendría que abonar por adelantado. También me pareció razonable. Ese día no tenía ganas de discutir con nadie. No siempre va uno acompañado con una rubia hija de banquero que le mira con ternura. Estuve a punto de conseguir que dejara de hacerlo al explicarle mi teoría:

—Si todas las tías fuérais rubias, hijas de banqueros y miráseis con ternura, no estaríamos metidos en este lío.

—Idiota. Machista.

Dejé el asunto por el momento. Estaba visto que aquel bar no era el lugar adecuado para dejarse llevar por los impulsos irracionales que a todo ser humano acometen cuando se encuentra en estado de reconciliación con el mundo.

—Sara —pregunté con cautela—, ¿tú nunca dices tonterías?

—Pero, ¿qué te pasa esta mañana?, ¿no podrías contenerte un poco? Ya dije bastantes tonterías ayer. ¿No te acuerdas?

—Bueno —insistí—, es que quiero que quede clara una cosa con respecto a mí: digo muchas tonterías. Creí que debías saberlo antes de...

—Antes de nada —me cortó—, no tengo que saber nada antes de nada. Mira Julio —aquí su tono se tornó maternal—, lo de ayer fue muy bonito. Y sigue siendo bonito que estemos juntos, pero yo no te puedo ofrecer nada. Tengo unos objetivos en la vida que no puedo quebrar por haberme enamoriscado de ti. Trata de verlo de esa manera. Fuimos felices unas horas y podemos serlo más tiempo, yo no lo descarto, pero no edifiques nada a partir de mí, sólo sufrirías con ello.

Yo había leído eso en alguna parte, pero no por ello dejó de afectarme la frialdad con que analizaba nuestra relación. La compañía de Sara me había hecho olvidar mi soledad por unos días. Con los ojos nublados hice una intervención melodramática:

—Tienes razón, Sara. No te preocupes, no te atosigaré con mi insistencia. A veces el mundo parece un sueño, pero siempre ha de haber un despertar. Es preferible que ese despertar se produzca lo antes posible, antes de que el sueño llegue a convertirse en el único objetivo de nuestra vida. Es aún demasiado pronto...

—¿Es pronto? —dijo Sara mirando el reloj. Su expresión y su postura, con el periódico abierto en la mano, delataban que no me había estado escuchando. En cualquier caso, tuve un ramalazo de autoestimación y decidí no repetirle nada de lo dicho.

—No, no es pronto. Hablaba de otra cosa. Otxia lleva un cuarto de hora de retraso.

—¿Y qué me decías? Es que estaba enfrascada con el periódico, con la noticia de la manifestación de ayer, y no te escuchaba. Fíjate, hubo veinte detenidos y catorce heridos, la mitad de ellos policías. Montan unas los tíos... no paran de provocar.

La llegada de Otxia interrumpió la previsible diatriba contra las fuerzas de orden público. Venía acompañado por otros dos fornidos jóvenes de aspecto poco afable. Los tres tomaron asiento sin más trámites y pidieron al camarero cafés con leche. El camarero seguía desconfiando:

—¿Y quién los va a pagar?

Otxia me señaló a mí y el otro se quedó esperando a que le abonara el importe. Luego, fue a buscar lo pedido.

—Además hay que pagaros los cafés.

Puso una expresión compungida e hizo un gesto de solidaridad a sus acompañantes:

—No sabes lo duro que es el exilio. Vivimos con cuatro perras. Nos acosan las necesidades económicas. Vivir a este lado es muy caro, no te puedes imaginar lo que siente uno lejos de su casa. Esto hay que vivirlo para saber cómo es. ¿Habéis traído el dinero?

Pasó sin ningún pudor de la lamentación a la negociación. Me recordaba a un vendedor de burras del Mediterráneo. Era realmente extraña su capacidad expresiva y su histrionismo, poco acordes con la parquedad de sus compañeros. Le señalé el maletín con el dinero. Intentó cogerlo, pero lo aparté de sus manos:

—A cambio de Unzueta. Ya nos la habéis jugado antes.

—Qué desconfiados sois los españoles —se lamentó—, puede verse que habéis sido corrompidos por la sociedad industrial. La nuestra es una sociedad de kaseros, sencilla, poco dada a los tratos con gente como vosotros. Pero en fin...

Hizo una seña a los otros dos, que apuraron sus cafés de un sorbo y se fueron sin haber abierto la boca.

—En media hora haremos el cambio. Iremos juntos a la playa de Hendaya. Allí os lo entregaremos a cambio del dinero.

Me sentía satisfecho de mi astucia. Las pasadas experiencias me obligaban a ser muy cuidadoso. Mi satisfacción se acrecentaba por la mirada aprobatoria que Sara me dirigía. Estaba ganando puntos con ella. Dejamos pasar la media hora marcada por Otxia escuchando sus lamentaciones y soportando que se fumara nuestro tabaco. Luego, subimos al coche y nos dirigimos a la playa de Hendaya.

Estaba desierta. Otxia nos hizo detenernos al lado de una fila de casas construidas para veraneantes de alta alcurnia. Al poco, un coche se estacionó al otro extremo. Otxia descendió del vehículo e hizo una señal. Del otro coche descendieron dos figuras. Una de ellas iba con la cabeza cubierta por una capucha oscura. Otxia nos dio las instrucciones para el intercambio:

—Tú y yo nos quedamos aquí con el dinero. La chica va a buscarlo. Cuando ella te haga una señal, me das el dinero y cada uno a su casa, ¿eh?

Parecía todo demasiado sencillo. No acababa de fiarme de aquel tipo tan hablador. Consulté a Sara antes de aceptar:

—Si lo meto en mi coche, no hay peligro de trucos. Con esa tartana, te aseguro que no me cogen —me tranquilizó.

—Es más fácil negociar entre vascos —sentenció Otxia.

Sara arrancó y se desplazó hacia el otro extremo. Otxia canturreaba con desenfado sin mirar ni un solo momento al maletín, que yo mantenía agarrado con todas mis fuerzas. Cuando Sara llegó al otro coche, el encapuchado fue ayudado a entrar en él. El Alfa Romeo emprendió el camino de vuelta y Sara hizo un gesto por la ventanilla con la mano izquierda. Otxia se volvió a mí y le dejé tomar el maletín no sin experimentar una creciente desconfianza.

—*Agur* —se despidió, e inició un trotecillo rápido para perderse por la primera esquina de los chalets.

Sara llegó con su carga humana a bordo. Se detuvo y subí a la parte de atrás:

—Vámonos cuanto antes. No me fío de estos tipos —le dije, y aceleró tumbándonos a Unzueta y a mí contra el respaldo del asiento.

Me incorporé como pude y comencé a desanudarle la capucha. Tuve que arrancar primero de su cuello un sobre blanco fuertemente anudado por encima de los pliegues de la tela.

—No se preocupe, Unzueta, está en buenas manos —le susurré. El respondía con gemidos y una respiración entrecortada. Le habían tapado la boca con un esparadrapo y un pañuelo. Por fin, conseguí quitarle la capucha. Aquellos ojillos vivarachos me recordaban algo. Pero la horrible sospecha se confirmó cuando conseguí arrancarle el esparadrapo junto con una buena porción de su frondosa barba. Sara seguía conduciendo a gran velocidad, sin echarnos ni una sola mirada, concentrada en su labor de fuga.

—No hace falta que corras —le dije.

—Mejor que no confiemos en ellos, no pasa nada porque ganemos unos kilómetros más de ventaja.

—Son ellos quienes han ganado unos kilómetros de ventaja —le dije desalentado.

El hijo de Túbal y yo nos incrustamos contra los asientos delanteros cuando Sara frenó el coche. Se volvió despacio, temiendo lo peor. Tuvo que esperar a que yo consiguiera levantar al hijo de Túbal, quien no se podía ayudar por tener las manos atadas a la espalda, para comprobar lo que pasaba.

—El loco —suspiró, y se dejó caer sobre el volante.

El pobre alienado nos miraba sin decir palabra. Tenía bastante trabajo con recuperar la respiración. Aproveché el momento de paz para abrir el sobre que había colgado de su cuello. Era un mensaje de Otxia escrito con una torpe letra: «No tenemos a Unzueta, pero nos debíais el dinero. Bastante hemos hecho con rebajaros cinco millones a cambio del pronto pago. La próxima vez serán cincuenta millones. La KBB es una empresa saneada. Otxia.»

—Podéis hacerme daño, pero la ira de la historia caerá sobre vosotros, Soy Oier, el que cuida el rebaño, vástago dilecto de Túbal, redentor de mi desgraciado pueblo. Matar es pecado, robar es pecado. Si mi pueblo no aprende eso, una tormenta de fuego y ceniza lo exterminará. ¡Hijos de la ira! ¡Arrepentíos!

Desaproveché la oportunidad de ponerle la mordaza cuando

aún tenía las manos atadas. Me costó bastante trabajo desanudar la cuerda. Cuando lo hube conseguido, se frotó las gruesas muñecas. Le dije que ya se podía marchar.

—¿Vais a Donostia? Llevadme allí con los míos —dijo con un tono de naturalidad sorprendente. Sara se encogió de hombros y yo no encontré ningún inconveniente a la petición. Me pasé al asiento delantero para compartir de cerca la desolación que ambos sentíamos.

Oier-Túbal tuvo la delicadeza de dejar sus prédicas para mejor ocasión. Eso nos permitió recuperar el aliento y meditar sobre la situación.

—¿Hay más ramas de ETA? —pregunté a Sara.

—Quedan los autónomos. Pero esos no pueden haber sido. La carta pidiendo el dinero era de ETA militar. Tienen que ser los matones. Eso explicaría su insistencia en evitar que busquemos a Unzueta.

—Pero no han pedido nada a cambio, no tiene sentido —razoné sin ninguna confianza en lo que decía.

—A no ser que los haya enviado el propio Unzueta —dijo Sara.

Era una hipótesis absurda que tenía la virtud de hacer casar muchas piezas en el rompecabezas. Eso podía explicar cosas tales como que estuvieran informados de lo que hacíamos, pero dejaba en el aire muchas otras, como las motivaciones que pudieran haber inducido a Unzueta a desaparecer.

—¿Por qué se iba a ir Unzueta con diez millones de pesetas? Es un hombre bien pagado. No parece una cantidad suficiente —dije pensando en voz alta.

—Sí —dijo Sara—, no me hagas caso, es absurdo.

—Pero es lo único que tenemos. Hay que hablar con su cuñado y con Nekane. Ellos pueden aclararnos algunas cosas. Sara —y la miré con solemnidad—, has tenido la única idea razonable que he oído desde que llegué aquí. Exceptuando las de Oier, claro.

Nos volvió el humor. Y con el humor, el hambre. Sara propuso llevarme a comer a Getaria.

—Hacen el mejor rodaballo de Euskadi, ¿sabes qué significa eso?

—Que hacen el mejor rodaballo del mundo —respondí.

—Exacto. Dejaremos al profeta en Donosti y vamos allí.

—No hace falta —intervino Oier rompiendo su mutismo—, yo os acompañaré.

Nunca había visto a nadie comer tanta cantidad de rodaballo y beber tanta cantidad de sidra.

—Paga la KBB —fue el brindis al que se sumó entusiasta nuestro profeta recién liberado.

Llamé a Nekane desde el restaurante, y quedó en acercarse a San Sebastián. Parecía que esa mujer estuviera siempre a punto para moverse de un lado a otro sin importarle el tiempo que ello le llevara. Quedamos citados a las ocho de la tarde en *La Maruja,* un bar situado muy cerca de donde Sara y yo habíamos encabezado la manifestación.

Al profeta nos lo dejamos en Ondarreta para que no conociera nuestro paradero y desequilibrara el presupuesto de comidas de la KBB. Cuando le abandonábamos pudimos observar cómo se subía a una de las barandillas que dan a la playa y comenzaba a dirigirse a los paseantes. Sara y yo volvimos al hotel. Intentamos contactar a Alcoriza por teléfono, pero fue imposible. La llamada a la KBB preferí aplazarla hasta el día siguiente. Si estaban nerviosos por el desenlace de la negociación, ese era su problema.

Decidimos que yo fuera solo a la cita. Las relaciones entre Sara y Nekane no habían sido muy cordiales y era preciso que Nekane no se sintiera agredida. El tema era suficientemente delicado como para no comprometerlo por una razón así.

La Maruja era el típico local adecuado para treintañeros excombatientes de partidos políticos de oposición al extinto régimen franquista. Dado lo temprano de la hora, sólo un par de mesas estaban ocupadas. Nekane estaba en la tercera, ataviada de nuevo con su uniforme de mujer de mundo. Tenía delante de sí un martini seco y fumaba con la mano muy extendida. Su mirada se perdía en el vacío.

—¿Qué sucede con mi esposo, Gálvez? —preguntó volviendo

a recalcar el Gálvez como si eso me pudiera hacer más pequeño.

—Escuche, señora Unzueta —y yo recalqué a mi vez la distancia—, tengo razones para pensar que su marido no ha sido raptado por ETA. Por un lado, los de ETA aseguran no saber nada de él. Por otro, su marido le dijo a usted que quizá pasara varios días en el sur de Francia, y tal cosa no encaja lo más mínimo con las precauciones que tomaría para buscar el contacto de ETA militar: es absurdo que llevara los diez millones encima para establecer un primer contacto. Y además he recordado una frase suya del primer día que nos vimos. Hizo usted una insinuación sobre una fuga con la secretaria. Puede ser una tontería, pero quisiera saber por qué dijo usted eso.

—Mire Gálvez, está claro que quise decir algo. Mi marido está liado con su secretaria. Por eso dije aquella frase. Es algo notorio. No hay nadie en Vitoria que no sepa que están liados. Preferí adelantarme en decírselo a que usted pudiera pensar de mí que era una idiota cuando se enterara. Usted no debe saber lo que es una ciudad de provincias, donde todo el mundo conoce todo sobre los demás. Mi marido es un personaje en Vitoria. ¿Y sabe cómo llaman a su secretaria? La llaman la primera dama. Estoy sometida a un escarnio permanente, a las miradas de burla, a las murmuraciones. Ahora, para más inri, desaparece, y yo tengo que decir por teléfono cada vez que le llaman que no sé nada de él, que no sé cuándo volverá. Con mi mejor tono de naturalidad, como si no supiera lo que está pensando quien pregunta por él. Desearía que ETA se lo cargara.

Dijo eso y se echó a llorar allí mismo. Yo le daba pequeños golpecitos en el brazo y miraba en direcciones perdidas con aire de restarle importancia al llanto. El camarero me miraba con aire reprobador desde la barra. Uno de los clientes me guiñó un ojo y me hizo un gesto de complicidad. Me cagué en la familia de ambos por lo bajo mientras decía frases de consuelo a Nekane.

—Pídame uno o dos martinis más, por favor.

Me acerqué a la barra y le pedí tres al camarero. Uno era para mí. Al volver al lado de Nekane, ya estaba más calmada. Se secaba la nariz con un pañuelito ridículo entre hondos suspiros.

—Nekane —me sentía un torturador al continuar el interrogatorio—, ¿su marido sería capaz de contratar gente para asustarme y que yo dejara de buscarle?

Me quedé esperando una reacción indignada, pero no podía dejar de hacer la pregunta, aunque fuera para descartar posibilidades. Era un buen momento psicológico para hacerlo. Sin embargo, no se sintió herida por la pregunta. Ni siquiera sorprendida.

—No. De las cosas sucias siempre se ha encargado Alcoriza, su cuñado. Pero de eso hace mucho tiempo, cuando tenían un negocio de transportes entre los dos. Mi marido era el cerebro, y su cuñado el que ponía fuera de combate a los competidores molestos. De todas maneras, no les fue muy bien. Los otros eran más fuertes. Luego, salió lo de la KBB.

El camarero trajo los martinis. Nekane se tomó el primero de un sorbo y se dedicó a paladear el segundo.

—El martini hay que beberlo como se prepara —me explicó—, hay que empapar la boca primero y luego tomárselo despacio. Si se toma una dos martinis bien puede utilizar el primero para la función de empapar el paladar, ¿no?

La dejé un rato paladeando el martini. Luego, volví a la carga sabiendo que pisaba un terreno resbaladizo.

—Señora, ¿podría haber otro tipo de razones que hicieran que su marido se tuviera que marchar? No sé, algo financiero.

—¿Está usted insinuando que es un estafador? —y su mirada era curiosa, pero no indignada—. Pues no veo por qué no. Si ya estuvo en cosas sucias antes, ¿por qué no?

No ponía ninguna defensa ante mis preguntas, me hacía sentir como un vampiro ante sus víctimas dormidas. Superaba todo lo que yo podía pensar antes de la cita. Pensé que el rencor acumulado contra su marido la llevaba un poco demasiado lejos.

—Mire usted, Gálvez, si quiere un consejo compruebe primero si la primera dama ha desaparecido también. Si no ha desaparecido, busque en las cuentas de la empresa. Y si ha desaparecido, busque también en las cuentas de la empresa. Tenía la esperanza de que hubiera cambiado, pero sé que era una tontería por mi parte. Que se vaya a freír espárragos.

Cada vez arrastraba más la voz. Temí una repetición de la escena de Bilbao, pero no hubo por su parte ninguna intención de repetir nada.

—¿Quiere saber algo más?

Negué con la cabeza.

—Entonces me marcho. Voy a buscar un hotel por aquí; no estoy en condiciones de conducir. Dele recuerdos a la jovencita que le acompaña. Y si no le hace perder mucho tiempo, comuníqueme en qué playa caribeña se encuentra mi marido. Es sólo por curiosidad.

Rechazó mi intento de acompañarla. Abandonó el local con andares erguidos y pensé que aquella mujer tenía mucha clase. Seguramente más que Unzueta. Y con toda seguridad más que yo, un individuo capaz de asaltar a una mujer en esas condiciones para extraer de ella información como si fuera un limón. Tomé dos martinis más antes de salir. Una vez en la calle, me encaminé a la plaza donde había comenzado la manifestación del día anterior. Las calles volvían a hervir de personas tomando potes. En una esquina, un grupo de jóvenes ensayaba gritos de apoyo a la Real Sociedad. Pasé tan abstraído por su lado que no advertí la presencia gigantesca que se me venía encima. Un brazo del tamaño de un muslo me tomó por los hombros. Sabía que no podría defenderme, pero intenté desasirme con un golpe dirigido contra el corpachón. Otra mano de hierro paró el golpe. Y una voz restalló contra mi oído izquierdo:

—Si querría hacerte daño, no te abrazaría. El hijo de Túbal sabe comportarse con los amigos. ¿Tienes prisa? La prisa ha corrompido a Euskadi, la ha sacado de su letargo milenario, ha roto el delicado equilibrio que la hizo idílica durante siglos.

A cambio de que me soltara de su abrazo de oso le dije que no tenía prisa. En cualquier caso mi alivio era tal al comprobar de quién se trataba que ya no tenía prisa para hacer nada. Ni siquiera para emborracharme y olvidar lo que había hecho con

Nekane. Así que me tomé el tiempo suficiente para ello. Oier era un compañero perfecto para una tarea de esa envergadura.

A las cuatro de la madrugada me dejó en la puerta del hotel después de remolcarme por medio Donosti.

XIV

—¿Por qué iba a estar enfadada? Tú eres muy libre de hacer lo que quieras y de estar con quien quieras. No somos más que compañeros ocasionales y no tienes por qué justificar nada de lo que haces. Ya te lo dije ayer, que consideraba nuestra relación como algo accidental. Si has estado con Nekane no tienes que disculparte. Es una mujer atractiva y lo entiendo. Ella piensa que eres un encanto. También está en su derecho.

—Pero si estuve con el loco. Nekane se fue antes de las nueve y yo estuve con el loco.

—Mira Julio, esto no tiene sentido. Conmigo no tienes que inventar historias. Te repito que no quiero saber qué hiciste ayer, que nuestra relación es episódica y que yo no espero de ti que te comportes de manera diferente a como lo hacen todos los tíos. Pero no me digas que has estado con el loco, porque no me lo creo. Y no soporto que hagas este montaje como si entre tú y yo hubiera algo más de lo que hay. No me trates como a una mujer celosa. Para tener celos tendría que haber algo entre nosotros, y aun así dudo que los tuviera.

—Si yo no te intento contar nada, Sara, sólo te digo lo que pasó. Anoche te di un plantón y te intento explicar cómo me sentía y por qué me emborraché.

—Pero es que no me tienes que contar por qué te emborrachas, ¿no te das cuenta? No me interesa lo que hagas. Eres un chico encantador, un chico encantador más entre todos los chicos encantadores que conozco. Y está claro que me gustas, porque si no me gustaras no me habría acostado contigo. Pero de ahí a que te considere como algo de mi propiedad, hay un abismo. Llegaste de madrugada y yo te había estado esperando porque soy tonta. Pero soy yo misma quien dice que no tengo por qué esperarte ni tú tienes por qué alterar tus planes porque yo te espere. Así que deja ya de dar vueltas al asunto. ¿No ves cómo a mí no me importa? Pues que a ti tampoco te importe, no tengas mala conciencia. Pero, una vez más te lo digo, no inventes historias. Hace mucho tiempo que no pido cuentas a nadie. Y mucho más tiempo que no las doy.

Cerró la puerta del baño tras de sí y el ruido del pestillo al correrse sonó un poco más alto de lo debido. No era un buen comienzo para un día en que tendríamos que trabajar mucho en común. Mientras Sara realizaba sus abluciones —el sonido del agua en el baño encajaba bien con tal palabra—, llamé a la KBB para comunicar las malas nuevas. Esta vez Trapero no tuvo ninguna oportunidad de ponerse al teléfono. Therborn agarró el aparato directamente, lo que daba una idea de la ansiedad que debía dominarle.

—Señor Therborn, creo que sería mejor que usted viniera a Vitoria. La situación está cada vez más complicada.

—¿Pero no habló usted con el señor Otxia? —me preguntó alarmado.

—Sí, señor Therborn, pero no tienen a Unzueta. Pienso que Unzueta nos la está jugando a todos.

Qué dinamismo el de aquel hombre. Aseguró que estaría por la tarde en Vitoria, en la sede de la empresa. Yo debería aguardarle allí y no hacer nada mientras tanto.

Sara se tomó bastante tiempo en su aseo. Salió del baño y, envuelta en la toalla, recogió su ropa para vestirse nuevamente en el baño. Yo pensé que la toalla sería su forma de mostrar frialdad. Cuando volvió definitivamente me sentí con ánimos para dirigirle la palabra:

—He estado hablando con Therborn.

—Te he dicho que no tienes que explicarme con quién hablas ni con quién sales de noche. No es asunto mío.

—Sara, por favor, es una cuestión de trabajo —le rogué haciendo acopio de paciencia.

—Eso es otra cosa. Dime.

—He quedado con Therborn en Vitoria esta tarde. Me ha dicho que no haga nada mientras tanto, pero creo que podríamos adelantar si nos acercamos a Bilbao a ver a Alcoriza. ¿Estás de acuerdo?

Aceptó con gesto de hacerme un favor. Llamé a Alcoriza sin resultado ninguno. Probé a llamar a Nekane. Era una mujer madrugadora. Ya estaba en su casa después de haber dormido en San Sebastián. Ninguno hicimos referencia a la conversación de la noche anterior. Nekane me proporcionó la dirección de Alcoriza. Una hora después, estábamos ante su puerta. Vivía en un caserón vetusto en Las Arenas. Llamamos repetidas veces al timbre y nadie contestaba. Sara dio una vuelta a la casa para observar si había alguna señal de vida. En lugar de eso, encontró una puerta abierta, la de servicio.

—¿Entramos? —me preguntó.

—No —respondí terminante—, sería violación de morada. Y además si no abren es que no hay nadie. ¿Cómo se te ocurre una cosa así?

Entramos.

No hubo que recorrer mucho trecho para investigar el paradero de Alcoriza. Estaba muerto a la puerta de la cocina. Tirado en el suelo, con las piernas abiertas y una expresión de sorpresa que encajaba poco con el revólver que había reposando al lado de su cuerpo. Sara no hizo ningún numerito, cosa que le agradecí profundamente en mi fuero interno. Tuvo la presencia de ánimo de hurgar en las ropas de Alcoriza.

—¿Qué haces? Déjalo —susurré.

—No sé. Lo he visto en las películas —me respondió con voz natural.

—Vámonos de aquí, deprisa —dije con un tono algo más elevado, sin poder evitar un ligero gallo en la voz.

—Bueno, bueno —se resignó, y me siguió hasta el coche.

Debíamos ofrecer el aspecto más sospechoso del mundo. Salimos con progresiva velocidad de la casa. Subimos al coche y el acelerón de arrancada de Sara debió sacar de sus casillas a todas las amas de casa de los alrededores.

Fuera ya de Bilbao enfilamos la autopista hacia Vitoria. Sara estaba ahora pálida:

—Lo he tocado, he tocado a un muerto.

Paró en la cuneta y salió como una exhalación. Se dejó allí la comida de los tres últimos días. Intenté ayudarla sosteniéndole la cabeza, pero me rechazó con gestos enérgicos. Sólo pude dedicarme a contemplar el espectáculo apoyado en el coche, a la espera de ver si podía ser de alguna utilidad. Por fin se recuperó y me pidió un pañuelo. No tenía ninguno, así que le dejé mi corbata de punto color verde. Quiso devolvérmela pero me negué galantemente a aceptarla, y se quedó en la cuneta.

—Estaba tieso y frío —me dijo—, lo noté a través de la camisa. Nunca había tocado a un muerto.

—Pues si estaba tieso es que no llevaba demasiado tiempo muerto —dije con voz algo engolada, lo reconozco—. El *rigor mortis* se presenta pocas horas después de la muerte.

Obtuve una mirada de admiración como pago por mi exhibición de conocimientos forenses.

—De todas maneras, la culpa es tuya. ¿Por qué querías tocar a un muerto?

—Para quitarle la cartera —respondió con desparpajo, y se fue a ocupar su asiento en el coche. Allí, ante mi mirada atónita, desplegó por el asiento todos los papeles personales de Alcoriza. Dejé que realizara ella sola la labor de peritación. No me sentía implicado en aquella tropelía y era incapaz de pensar en nada que nos pudiera servir que viniera del fallecido.

—Mira —dijo exaltada—, observa esto.

Me enseñó una tarjeta que decía «Mortela y asociado. Investigaciones». La exhibía como si se tratara de un tesoro. Yo no adivinaba para qué podía servir ese trozo de cartón, una horterada que contenía los nombres y direcciones de dos tipos y un dibujo que representaba una cerradura a través de la cual se veía la silueta de una mujer muy difuminada.

—Sara —la reconvine—, cada vez lo pones más difícil. No podemos ir a la policía llevando nosotros la cartera del muerto. Deja de tocar y volvamos a la comisaría. Tenemos ya bastantes líos propios.

—¿Quieres ir a la comisaría? Estás loco. ¿Cómo ibas a explicar nuestra entrada en casa de Alcoriza?

—Diciendo que estábamos citados con él.

—¿Y de qué lo conocíamos?

—A través de su cuñado.

—¿Y dónde está su cuñado?

—No lo sé.

—Pues eso, idiota, no lo sabes. ¿Cómo vas a decir todo eso sin saber contestar a la pregunta clave?

Estaba harto de que me llamara idiota, pero se me quitaron las ganas de ir a la policía. Sobre todo porque Sara se había quedado con la cartera y supuse que era muy difícil borrar nuestras huellas de los objetos personales de Alcoriza. Además, era cierto que el lío era considerable estando Unzueta desaparecido. Acepté con un suspiro.

—Sara, estoy harto. Llévame a Vitoria. Veré a Therborn y dimitiré. Si quieren, que me descuenten los cinco millones primeros. Y los diez restantes. Estoy harto Sara. Harto de que me persigan matones, de que me estafen etarras, de que me rapten otros etarras, de encontrarme cadáveres de abogados, de no encontrar a los cuñados de los cadáveres. Y de que me llames idiota. Por favor, llévame.

—Lo dices porque estás desanimado, pero ya verás como el morbo te lleva. Exageras las cosas que te pasan, no está tan mal la situación. Cada vez estamos más cerca de la verdad.

—Sara, por favor —dije con tono plañidero—, deja de tomarte este asunto con naturalidad. Vienes de ver un cadáver...

—¿Qué quieres, que llore? Pues lloraré, pero luego. Vamos a Vitoria, y no se te ocurra decir más tonterías delante de Therborn.

Era abrumadora. De ser mi acompañante se había convertido en la persona que llevaba la iniciativa. Me parecía una usurpación de funciones intolerable, pero no me sentía con fuerzas para recuperar lo perdido. La dejé hacer.

—¿Por qué te parece tan importante la tarjeta? —pregunté una vez recuperado un mínimo de facultades.

—Porque vienen los nombres de los dos socios. Y el tal Mortela se llama Manuel. Y el gigante le llamaba Manolo al bajito, y tú me dijiste que tenían aire de matones. ¿Encaja o no encaja?

—Ya. Pero no hay nada más que encaje. Yo quiero dejar este asunto e ir a mi casa.

No me contestó, abstraída en la conducción de su potente coche. Yo comencé a soñar con un paraíso en el que mi vida transcurría colaborando para revistas del automóvil con atrevidos artículos sobre el desgaste de los rodamientos a bolas, una casa sin calefacción central, y periódicas visitas a los Juzgados de Madrid para dar cuenta del arrepentimiento de mis pecados.

Sara paró el coche en una gasolinera. Su conducta no podía ser más extraña. Habíamos llenado el depósito al entrar en Bilbao. Pero no sólo se trataba de eso: sacó una lata y le pidió al empleado que la llenara. Yo había dejado de sentir curiosidad por sus acciones tan desenvueltas. Volvió a poner en marcha el coche hasta llegar a un área de descanso en la autopista. Allí se bajó, hizo un montoncito con los papeles de Alcoriza, los impregnó de gasolina y encendió una hoguera. Era una joya aquella chica. Conocía todos los trucos excepto el del *rigor mortis*.

En la sede de la empresa en Vitoria teníamos preparada la bienvenida. Nos recibieron con gran deferencia y nos pasaron a una sala de conferencias decorada con el último grito del mueble funcional. El subdirector de la fábrica nos atendió en persona y nos convenció para que aceptáramos comer en la misma empresa, en una sala dispuesta para ello. Nos anunció que Therborn estaría allí a las cuatro de la tarde, pero se abstuvo de hacer ningún comentario sobre Unzueta.

A las cuatro en punto, con el café recién servido, apareció Therborn escoltado por Trapero y un tipo siniestro de gafas construidas con culos de botella. No se anduvo por las ramas. Dirigiéndose al subdirector habló en tono perentorio:

—Señor Epeldegui, el señor Martínez —y el de las gafas hizo una discreta inclinación de cabeza— es nuestro contable más experta. Se une a los contables que hacen investigación de la empresa.

El subdirector salió raudo a llevar a Martínez a su puesto de combate. Therborn era un tipo expeditivo. Desde que yo le había llamado había tenido tiempo no sólo para venir a Vitoria, sino también para montar una auditoría de la empresa contando únicamente con la ligera alusión que yo había hecho por el teléfono. Estaba abrumado por tanta eficacia. Sara por un lado y Therborn por otro me hacían sentir un inútil sin reflejos.

Therborn se sentó a la mesa e invitó a Trapero a hacer lo propio. Pidió una comida muy austera. Trapero hizo lo mismo, aunque su rostro delataba que lo hacía muy a su pesar. Antes de que le trajeran el primer plato pidió que iniciáramos el relato de los hechos. Procuré ser conciso en la exposición y me ahorré todos los detalles humillantes que fue posible. No le conté nada a propósito de Alcoriza. Sara y yo habíamos decidido que nadie se enterase del asunto. Ya tendría tiempo de hacerlo por los periódicos.

El sueco demostró una notable capacidad de encaje con la pérdida de los diez millones. Me dirigió sólo una mirada asesina. Aparte de ello su cerebro debió considerar que era una inversión prevista y que no tenía más importancia. Luego de mi explicación pasó de nuevo a la acción. Se dirigió a Epeldegui, el subdirector, al que las posibilidades de ascenso ya le hacían brillar los ojitos, y le exigió que llamara a la secretaria de Unzueta.

—No está, señor Therborn. Se fue de vacaciones hace unos días.

—¿Y sabe usted si se marchó a tiempo que Unzueta?

—Sí, señor. Se fue de vacaciones argumentando que el momento perfecto era el de la marcha del señor Unzueta. Pero fue él quien dio el permiso. Yo no hubiera permitido nunca que un empleado se marchara en estas fechas de tanto agobio de trabajo.

Yo, señor Therborn, si alguna vez tuviera sobre mí la dura responsabilidad de dirigir una fábrica como ésta, implantaría una mayor disciplina laboral.

Therborn le cortó con gestos y se volvió a mí:

—¿Propone algo, Gálvez?

Sara se ocupó de responder por mí. No me sentí molesto por ello, ya que yo tenía pensado dimitir y marcharme a casa.

—Creo que deberíamos comenzar por las oficinas de líneas aéreas —dijo Sara, y Therborn reaccionó con una viva exhibición de gestos de aprobación. Parecía cualquier cosa menos un gélido escandinavo cuando Sara hablaba.

Yo aproveché el entusiasmo para levantarme. Therborn apenas me miró. Sara hizo un pequeño gesto de extrañeza pero siguió exponiendo su plan de acción con un respetable aparato de trucos. Los otros ni se fijaron en mí, fascinados por la brillante exposición de Sara. Tomé la bolsa del coche y me fui andando. La estación de Vitoria no estaba lejos de la fábrica. Un frío cortante me pelaba la cara pero apenas lo sentía. Apenas sentía algo más que desaliento y repugnancia. No sabía cómo iba a continuar la historia, pero adivinaba que sería mucho mejor no encontrar a Unzueta. Según se hurgaba en el asunto salía más basura a flote. Para remate, la actitud de Sara. Se había entusiasmado tanto que olvidaba todos sus principios. Toda su confusa mezcla de principios que combinaba el amor al dinero de su padre con el respeto a la acción de unos hombres a los que despreciaba, los etarras. Yo no estaba dispuesto a seguir en medio de ese asunto. Ya había un muerto. No quería ser el segundo, ni asistir a que fuera otro el segundo.

Al llegar a la estación, entré en una cabina de teléfonos. Quería despedirme de Nekane. Dejé sonar el zumbido de llamada una docena de veces. Ya iba a colgar el teléfono cuando una voz trémula lo tomó. Era su voz, pero estaba tan alterada que casi no se la reconocía.

—Soy Gálvez, Nekane. ¿Le sucede algo?

—Venga a casa, por favor —me respondió, y cortó la comunicación.

Tomé un taxi, aunque la distancia era muy corta. Su voz me había alarmado. Subí las escaleras de tres en tres. Al llegar al descansillo de su piso, no me quedaba ni gota de aliento. Pulsé el timbre varias veces. Se abrió primero la mirilla y luego se descorrieron dos cerrojos. Nekane estaba irreconocible. La habían pegado con saña.

Pasé sin esperar a que me invitara. Y la tuve que tomar en brazos, lo cual estuvo a punto de costarle mayores lesiones, porque nunca fui un prodigio de fortaleza y me hizo perder el equilibrio. Por suerte para mi ego, la mujer no estaba en condiciones de captar las sutilezas del oficio de llevar en brazos a una recién golpeada. Me ayudé con las paredes de la casa hasta llegar al salón. Allí la dejé caer sobre el sofá y evité a duras penas caer sobre ella.

El primer período de tres cuartos de hora lo consumí en calmar su llanto, poner agua oxigenada y algunos esparadrapos en su cara y hacer una infusión de manzanilla. No sé por qué, pero Nekane tenía la obsesión de que eso era lo que le hacía falta, cuando era evidente que necesitaba un traumatólogo. Se negó en redondo a que llamara a un médico.

—No se puede enterar nadie, nadie —sollozaba.

Poco a poco pudo serenarse lo suficiente para contarme lo sucedido:

—Fueron dos hombres. Uno de ellos, gigantesco. Vinieron a preguntarme por mi marido. Les dije que no sabía nada. Luego me preguntaron por Alcoriza. Estaban como locos por saber de él. Les di su dirección. Le he intentado llamar para advertirle, pero no coge el teléfono. Los hombres me dijeron que si denunciaba esto me matarían y matarían a mi marido cuando le encontraran. Son dos bestias, Julio. Me pegaban y se reían. Y me siguieron pegando cuando les hube dicho todo lo que sabía. ¿Por qué hay gente así, Julio, por qué?

Volvió a estallar en sollozos. Pude calmarla de nuevo y conseguí que me describiera a Mortela y su compañero.

—Han dicho que volverían. No me deje sola, Gálvez. Es usted

la única persona con la que puedo hablar de esto, la única persona que puede ayudarme.

—No la dejaré sola, no se preocupe.

Hablé mientras la ira crecía en mi interior. Y una firme determinación me asaltó. Iba a encontrar a Unzueta antes de que lo hiciera la KBB. Tenía cuentas personales que saldar con él. La visión del rostro de Nekane bastaba para decidirme.

No tenía prisa para dar el siguiente paso. Mortela y su compañero estarían ahora contemplando el cadáver de Alcoriza. Pasarían unas horas lo suficientemente asustados como para no ir muy lejos.

—Llame a Alcoriza —me dijo Nekane—, antes de que lleguen.

—No importa que lleguen, Nekane, Alcoriza está muerto.

No le afectó demasiado la noticia. Si le afectó tampoco podía notarse porque no había manera de que aquella cara compusiera alguna expresión diferente a la del dolor físico y la humillación.

—¿Cómo ha muerto?

—Creo que de un tiro. No me paré a comprobarlo.

—¿Quién fue?

—No lo sé, Nekane. Duerma. Yo estaré a su lado.

XV

La tarjeta de visita de Mortela y su socio había quedado en manos de Sara, pero no era difícil encontrar su teléfono y dirección con ese nombre y el conocimiento de que vivían en Bilbao. Un par de llamadas de teléfono a Información me bastaron para localizarles.

Nekane y yo pasamos un rato comprobando, entre gemidos, que no tenía ningún hueso roto. Fue imposible convencerla de que se quedara en casa. Se empeñó en acompañarme allá donde fuera. No se atrevía a quedarse sola mientras no estuviera conjurada la posibilidad de que Mortela y su socio regresaran. Me recordé al Marqués de Bradomín vistiendo a una lisiada con toda la delicadeza del mundo. Completó su atuendo con un pañuelo de cabeza y unas gafas negras de tamaño regular. Con eso se le veían menos los moretones que ya le afloraban por toda la cara.

En Bilbao fuimos directos al *Ercilla.* Ocupamos una habitación doble a petición de Nekane y la acosté rodeada de almohadas y revistas de toda clase. Desde allí llamé a Patxo Garmendia y conseguí que accediera a venir al hotel media hora más tarde. Le esperé en el bar.

Para conseguir su colaboración tuve que ponerle un anzuelo. Una parte de la verdad y dos de invención:

—Estoy aquí para resolver un asunto con ETA, la desaparición del director de la KBB en Vitoria.

—Ya me lo olía yo —dijo con suficiencia—, pero no quise interferirme en el trabajo de un amigo.

—Eres un hombre de fino olfato —le dije para halagar su vanidad, a lo que respondió con un gesto displicente.

—Es mi oficio. Sigue.

—Si me juras mantener el secreto por el momento, te daré toda la historia antes que a nadie. Pero quiero que me cuentes algunas cosas.

Por debajo de su frialdad latía una auténtica excitación. El morbo le desbordaba por las orejas. Hizo como si se lo pensara, aunque yo sabía que lo único que buscaba era tiempo para negociar algo más de lo que yo le ofreciera.

—Continúa. Con esos datos no puedo asegurarte nada.

—¿Sabes algo de Luis Alcoriza?

—Claro —respondió con creciente interés—, es uno de los mayores chorizos que corren por aquí. Estuvo relacionado con negocios de transportes, bandas de mafiosos y eso. Durante una época se dedicó a negociar con ETA el impuesto revolucionario por encargo de algunos industriales del PNV. Pero tuvo que dejarlo, porque se descubrió que por el camino desaparecían cantidades superiores a las comisiones que se estipulaban. Los milis se la tienen jurada y algunos empresarios también. Tenía hecho todo un montaje de evasión de divisas para poder hacer los pagos en el sur de Francia. Así subía su comisión. Cobraba a los empresarios por negociar y a los de ETA por pasarles el dinero sin que tuvieran que molestarse. Yo creo que ha salvado el pellejo por su experiencia en la utilización de matones. Llegó a decir públicamente que si le pasaba algo caerían cabezas a los dos lados de la frontera.

—¿Gente como Otxia?

—Por ejemplo. El tuvo que tratar con Otxia en muchas ocasiones. Están hechos el uno para el otro. Son los dos seres más parlanchines de Euskadi. Otxia era tratante de ganado antes de entrar en ETA, y eso se le ha quedado. Debían entenderse a la perfección. Son de la misma calaña. ¿Qué tiene que ver todo eso con Unzueta? No habrás hecho la tontería de encargarle a Alcoriza la mediación, ¿verdad?

Asentí apesadumbrado.

—Pues no sé entonces para qué me llamas. Te di los datos precisos, te dije que te dirigieras a varios abogados de confianza. Ahora ¿para qué quieres saber todas estas cosas?

—Te voy a dar sólo un dato: prepara todo lo que puedas sobre Alcoriza y Otxia. Van a ser noticia los próximos días. Quizás hoy mismo. Pero te ruego que no menciones a Unzueta.

—¿No puedes darme alguna pista más?

—Si te la doy, te meto en un lío. Ya está bien con lo que sabes. Con eso vas a tener una crónica de lucimiento.

No se fue muy convencido de que el material valiera la pena. Yo tampoco quedé muy satisfecho. Lo único que había sacado en claro era que a Alcoriza le podía haber matado casi todo el mundo. Eso suponía que las dificultades para encontrar a Unzueta se mantenían. Lo peor era que tampoco estaba seguro de que la desaparición de Unzueta y la muerte de Alcoriza estuvieran relacionadas. El interrogatorio de los matones a Nekane les descartaba como asesinos y eran el único nexo claro entre ambas cosas.

El siguiente paso consistía en hablar con Mortela. Debía tomar mis precauciones con aquel salvaje sádico. Era capaz de no dejarme hablar y liarse conmigo a trompazos antes de que lograra asustarle. Por ello decidí realizar el primer contacto por sorpresa. Eso evitaría que su retorcida mente fraguara algún plan que no era conveniente para ninguno de los dos, aunque él no lo supiera.

Tomé un taxi hasta el domicilio de la oficina de Mortela y Asociado. Le dije al conductor que se detuviera unos metros antes de llegar al edificio, e hice el resto del trayecto andando. Aquello era una auténtica pocilga. Tuve que encender una cerilla para consultar en los buzones y comprobar que no había error en la tarjeta. Pulsé el timbre pero no funcionaba. Llamé con los nudillos a la puerta, y oí el ruido de unos pasos.

Mortela en persona abrió. Se quedó tan sorprendido que no reaccionó a tiempo, así que aproveché para romperle las gafas y lo que había detrás de ellas. Liquidé la faena con una buena patada en el estómago. Me dije, para calmar mi mala conciencia, que a los sádicos bajitos puede uno permitirse el lujo de pegarles.

A los gigantes es mejor abordarles por la vía de la negociación. No había más gente en la casa, lo que favorecía el perfecto desarrollo de mi filosofía sobre los sádicos. Ayudé a Mortela a levantarse y de paso le golpeé la cabeza contra la pared. Le sangraba la nariz y lloriqueaba dejando caer alguna amenaza que otra:

—No me pegues o lo pagarás.

Recordé a Nekane para su desgracia y le volví a dar contra la pared. Era tan fácil de pegar que casi daba vergüenza. Dejé de hacerlo y él dejó de amenazarme. Un pacto tácito entre caballeros. Cuando le senté en el ruinoso sillón de su despacho tomé la precaución de quitarle la pistola y me dispuse a jugar mis cartas.

—Mortela, ¿quién le pagó por asustarme y por asustar a la mujer de Unzueta?

—Es secreto profesional —respondió con chulería.

—Si quieres te rompo el secreto profesional a culatazos —le respondí enarbolando la pistola.

—Cuidado, que está cargada —dijo—. Está bien, fue Luis Alcoriza, el abogado. Pero nos dijo que dejáramos el trabajo hace dos días. Ya no estamos contratados.

—¿Y la visita a la mujer de Unzueta? —era evidente que Mortela no tenía su mejor momento. Había improvisado una disculpa bastante chapucera. No supo responder y continué:

—Mira hijoputa, te voy a romper todos los dientes —dije con tono cariñoso—. A no ser que te expliques un poco más. Sé que has estado en casa de Alcoriza, y no es difícil meterte en un lío con la policía si digo que tú le has matado. Tu insistencia en buscarle indica que tenías motivos para hacerlo. Estás acabado como no me cuentes todo.

—Si sabes que Alcoriza está muerto tú también estás en un lío —reaccionó son sangre fría recuperando algo la iniciativa. Yo estaba obligado a jugar fuerte para evitar que se me comiera ese gusano:

—Yo no tenía ningún motivo. La empresa me sacaría del lío en seguida. Fui a casa de Alcoriza con otras personas, y te juro que esas personas se dedicarían igual que yo a encasquetaros el muerto a ti y tu amigo. Te propongo un trato: yo me callo todo lo que sé sobre vosotros y os retiráis del asunto después de contarme todo. Estoy dispuesto incluso a olvidar la paliza a la mujer de Unzueta.

—Eso y la mitad del dinero —dijo después de pensar un rato en mi propuesta.

—¿Qué dinero?

—El que tiene Unzueta.

—Es mucho.

—¿Un diez por ciento? —bajó bruscamente su porcentaje.

Eché las cuentas. Eso suponía un millón de pesetas. A la KBB no le importaría perder un millón a cambio de nueve recuperados, y yo necesitaba darle algo a Mortela para conseguir su colaboración. Acepté.

—Está bien —dijo—, le contaré todo. Alcoriza nos contrató para evitar que nadie cogiera a Unzueta antes que él. Le buscaba para recuperar su parte del botín. Eran cómplices en la fuga de dinero, y Unzueta le había dejado en la estacada por la chica. Alcoriza sabía que Unzueta necesitaba tiempo para encontrar la manera de irse con el dinero, y nos puso a buscarlo antes de que lo consiguiera. Luego, Alcoriza dejó de querer vernos, no quiso darnos un duro hasta que tuviéramos a Unzueta. Eso nos hizo pensar que él estaba llegando hasta su cuñado por su cuenta y que nos quería dejar fuera del asunto. Por eso le buscábamos. Nunca nos había dado su dirección y el teléfono no contestaba.

—Podían haber mirado en la guía de teléfonos.

—No figura allí. Tuvimos que ir a preguntar a la mujer de Unzueta. Luego, ya sabe lo que pasó: nos lo encontramos fiambre.

—Hasta ahora no me has dicho nada que valga el diez por ciento del dinero que tiene Unzueta.

—Espera, espera. Está la chica. De pronto apareció. La tenemos localizada. Está en Madrid. Vive en un edificio de apartamentos en la calle de San Bernardo. Ibamos a ir por ella después de encontrar a Alcoriza. Pero tú nos puedes ahorrar el trabajo.

—¿Cómo sé que es cierto lo que dices?

—Porque el diez por ciento es lo que nos iba a dar Alcoriza

por encontrar el dinero. Si nos das lo mismo por encontrarlo tú, pues mejor. ¡No le pegues!

La última frase no iba dirigida a mí. Me volví y pude observar cómo el gigante tenía todavía la mano en alto para sacudirme en la cabeza con la culata de su pistola. La bajó despacio y miró con extrañeza a Mortela.

—No le pegues, ahora es nuestro socio —dijo, y se echó a reír. El gigante hizo lo propio y se guardó la pistola. Aproveché tan favorable coyuntura para levantarme y comenzar la evacuación. Los dos se reían como histéricos. El gigante acentuaba la hilaridad doblándose sobre sí al echar grandes carcajadas. Me pareció que ese era otro momento oportuno y le di un golpe con la pistola en la parte trasera de la cabeza. Se desmoronó llevándose ambas manos al lugar donde le había dado. Mortela dejó de reír.

—A él también se lo debía —le dije.

Sus ojos malignos brillaron:

—No nos falle, Gálvez. Si no tenemos noticias suyas, le buscaremos. Sabemos cómo encontrar a la gente. Y cómo tratarla.

En el vestíbulo del hotel me topé con Sara. No hizo ningún ademán de sorpresa. Me acerqué a ella.

—Podías haberte despedido. Creí que estarías ya en Madrid, metido debajo de tu cama.

Obvié su tono helado y la respuesta a la primera observación. La encontraba más atractiva que cuando la dejé deslumbrando a todo el *staff* de la KBB.

—No me pareció un buen momento para interrumpirte. Estabas en tu salsa, absolutamente entregada a la tarea de reparar los daños causados por Unzueta a la KBB. Creí mejor no discutir más. Ya te había dicho en el coche que lo dejaba.

—¿Y lo has dejado?

—He dejado de hacerlo para la KBB.

—No te entiendo, Julio.

—Por eso ya no trabajamos juntos, Sara. No pienso volver por la empresa, no me interesan sus métodos. Alcoriza ha muerto por causa de la empresa, por haber ocultado la desaparición de Unzueta. Y tú has entrado en el juego.

No parecía haber ninguna relación entre la muerte de Alcoriza y Unzueta. Creo que dije aquello sólo por herirla. No podía soportar su naturalidad, su desenvoltura en un asunto tan sucio. Me parecía que todo había sido un espejismo. Los dos pertenecíamos a mundos diferentes. Ella era capaz de entenderse con la KBB. Yo no. Ella era capaz de entusiasmarse con la tarea de salvarle la cara a una empresa que jugaba con las vidas de la gente. Yo no.

—Espero que no hagas ninguna tontería, Julio —me dijo sin que hubiera en su voz ningún asomo de burla—. Si has optado por dejar la empresa, no metas más las narices en este asunto. Hemos contratado a una gran agencia de detectives para resolverlo todo.

El «hemos» me dejó de piedra. Su identificación llegaba hasta ese extremo. Se lo hice notar.

—Tu ex-jefe me ha contratado. Pienso que puedo jugar un buen papel aquí en Euskadi. No lo puedes entender, pero eso es importante para mí. En un mundo de hombres es preciso competir. Y yo soy mejor que la mayoría. Sólo algunos tíos podéis manteneros al margen de ello, y así os va. No quiero ser como tú, Julio.

—Yo tampoco —contesté con sinceridad.

—Quisiera verte —me dijo—, con más tranquilidad.

—Tendrá que ser a mi vuelta. Me voy a Madrid hoy mismo.

Pareció decepcionada por la negativa, pero había también un cierto alivio en sus ojos. Me besó en los labios y se quedó mirando mientras me marchaba. Antes de que se cerrara el ascensor, me habló casi a voces:

—Tu intuición era correcta. Hay un desfalco que puede llegar a los cuarenta millones de pesetas.

Las puertas se cerraron.

XVI

No era difícil encontrar el edificio de apartamentos donde la secretaria de Unzueta se había ido a refugiar. En la calle de San Bernardo se encuentra uno de los más clásicos entre los dedicados a tal fin. Lo complicado consistía en localizar el apartamento que ocupaba, entre los muchos cientos que había.

Opté por la solución obvia: consultar al conserje. Un hombre que rondaba los cincuenta años, provisto de una lustrosa calva y un notable aspecto de guardia civil retirado. Iba vestido con un traje azul de esos que sólo llevan los políticos, los que se van a casar o los porteros de fincas urbanas de categoría. Le pregunté por la chica y al propio tiempo me felicité por mi capacidad de previsión al haber apuntado su nombre en la agenda.

—Busco a una chica.

—Aquí las hay para todos los gustos —me respondió picarón.

—Pero esta es muy especial —dije entrando en el juego—. Se llama Amparo Ansuátegui.

—¿A qué se dedica? —inquirió—. No puedo saber los nombres que usan. Hay tantas.

—Es secretaria —respondí—, y no es de aquí de Madrid, viene de Bilbao.

—Ya sé —y su expresión se animó aún más. Con parsimonia, encendió un cigarrillo y me obligó a aceptar otro. Al fin y al cabo, no podía actuar de otra manera, porque se los traía su hijo de Canarias y habría sido una notable grosería rechazarlo. Dio dos chupadas al suyo y observó cómo en mí se producía una auténtica satisfacción al hacer lo propio. Por fin se decidió a continuar—. Me parece usted un hombre de confianza. La señorita que usted dice no suele recibir sin cita previa, pero yo se lo arreglo en un momento.

Mientras él tomaba el telefonillo interior, pensé que la relación entre los porteros y los vecinos es muy extraña. Era normal que Amparo tuviera encargado al portero que no dejara pasar a cualquiera, pero resultaba excesivo que él se adjudicara el papel de mediador. Deduje que Amparo estaba en el apartamento, porque el tipo comenzó a hablar sin dejar de arrojarme miradas llenas de complicidad. Colgó el aparato y se acercó a mí:

—Arreglado. Suba al 902.

Le di veinte duros. Por una información así no se podía pedir mucho más que eso, pero el tipo no se lo tomó con ningún entusiasmo. Preferí ignorar su gesto despechado y me encaminé a los ascensores. Había una docena allí. Pasé un buen rato yendo de uno a otro cada vez que se encendía la lucecita de subida, acompañada de un sonido de campanillas. Cuando logré penetrar en uno de ellos antes de que se cerraran sus puertas, bajé al segundo sótano, al garaje y volví a subir a la planta baja. Por fin, después de admitir en la cabina a una mujer con el cabello teñido de platino y los perritos que la acompañaban peinados en la mejor peluquería de Madrid, conseguí que el aparato se decidiera a seguir mis órdenes. Me bajé con un suspiro, intoxicado por el perfume de la señora que me acompañó durante el viaje, y recorrí dos kilómetros de pasillos hasta llegar al apartamento indicado.

Amparo tenía unos treinta años de edad y era la viva imagen de la secretaria de un ejecutivo. Vestía un conjunto de lana de color gris, se peinaba con el pelo a modo de cola de caballo y utilizaba unas gafas de buen tamaño. Por lo demás, era un tanto exuberante pero de ella sólo llamaban la atención las largas uñas pintadas de un rojo chillón. Parecía como si estuviera esperándome desde hacía mucho.

—Pase, ¿señor...?

—Gálvez, Julio Gálvez —y juré al oírme que me cambiaría de nombre en los juzgados a la primera oportunidad.

Me guió hasta el interior. Debía ser una loca del trabajo aquella chica. Tenía el apartamento amueblado como si se tratara de una oficina. Mesa de despacho de caoba llena de papeles, que deduje debía pertenecer a Unzueta, y una mesa auxiliar con una máquina de escribir eléctrica colocada encima. Había además sobre la moqueta de pelo largo y tieso un sofá de cuero de oficina cara. Y flexos por todas partes.

Amparo me llevó hasta la mesa y me obligó a aposentarme en ella. Sin intentar establecer diálogo conmigo, se caló mejor las gafas y se sentó delante de la máquina de escribir. Colocó un papel y, por la marcha de la máquina, deduje que hacía algún encabezamiento de carta comercial.

—Dícteme —dijo de golpe.

—¿Co-cómo? —respondí pleno de ingenio.

—Que me dicte, que diga todo lo que le apetezca, señor Gálvez.Yo tengo mi estilo, y usted ha venido por algo, ¿no? —asentí a ello, aun sin entender nada—. Pues dícteme lo que quiera y yo le resolveré su problema.

Estaba muy confundido. No sabía cómo iniciar la conversación con aquella mujer. Hice un intento para que todo discurriera por cauces razonables:

—Mire, Amparo, esto es muy serio. Déjese de historias y vamos al grano. ¿Tiene alguna idea de por qué he venido?

—Pues claro que sé a qué ha venido —me respondió—, pero aquí se hacen las cosas a mi modo. Así que o me dicta o se va por esa puerta. Dícteme todo lo que desea.

Me sorprendía su seguridad. Tenía que haber algún truco en todo aquello. Y era sorprendente también que supiera que iba a encontrarla allí, cuando sólo Mortela y su compañero conocían mis intenciones. Era también absurdo que me hubiera recibido con tal naturalidad y me hubiera sentado así en aquella mesa. Pero pensé que no perdía nada por dictar, así que comencé:

—Esta bien, dictaré. Escriba todo lo que le digo. Estoy buscando a Unzueta desde hace días. Sé perfectamente que se marchó con el dinero de la KBB y con usted. Y sé que usted...

—Un momento, por favor —cortó—, creo que se me ha roto una media. ¿Le importa que me la arregle, señor Gálvez?

Lo que siguió comenzó a hacerme dudar sobre el estado de salud mental de aquella chica. Apartó la máquina de sí y comenzó a levantar la pierna derecha a la vez que se la acariciaba con las dos manos en dirección ascendente desde el tobillo. Al llegar a la rodilla, seguía sin aparecer la carrera en la media, y ella seguía subiendo. Un palmo más arriba se acabó la media y apareció una porción de piel. Sin hacerme el menor caso, subió aún más la falda y mostró un liguero de color negro. Entonces, volvió la cabeza hacia mí y me habló:

—Perdóneme, señor Gálvez, pero está muy deteriorada —y yo veía claramente que no lo estaba en absoluto—, ¿le importa que me la quite?

—No, por favor, quítesela —acerté a decir.

Lo hizo. Con una parsimonia digna de una princesa rusa. No pude evitar que me asaltara el pensamiento de que tenía dos piernas muy hermosas. Por fin, dejó caer las medias, sin quitarse el liguero. La falda se le olvidó casi en las caderas.

—Siga, señor Gálvez. Y perdone, es que estaba muy incómoda. No me habrá mirado las piernas, ¿verdad? Qué vergüenza sólo pensarlo, por Dios.

Estaba definitivamente loca aquella tía. Había hecho una auténtica exhibición y de pronto se ponía a jugar a la pudorosa. Hice acopio de paciencia y me puse a seguir el juego hasta que diera algún resultado:

—No, no se preocupe, no he mirado. Siga escribiendo. Y sé que usted estuvo con el señor Unzueta, que se fue con él de la empresa los mismos...

Me volvió a interrumpir. Con la misma cara de no haber roto un plato en su vida:

—Perdone, señor Gálvez. ¡Hace un calor! ¿Le importa si me quito el jersey? Así, a lo mejor se anima y me cuenta cosas un poco más interesantes.

No esperó mi permiso. Con la misma parsimonia que mostró con las medias, procedió a despojarse del jersey. Tuve que reconocer a mi pesar que tenía unos pechos notables debajo del sujetador negro que apareció sosteniéndolos más que tapándolos. De paso, se quitó la falda para lucir el resto de su ropa interior negra. Toda la ropa que le sobraba la arrojó al sofá de cuero.

—Siga, señor Gálvez, y perdóneme otra vez.

—Hasta cuándo va a seguir haciendo tonterías, Amparo. Este es un asunto muy serio. Luis Alcoriza ha sido asesinado. Compórtese de una vez como una adulta.

Aquello era excesivo, y no me quedaba más salida que aplicar un tratamiento de choque para que reaccionara y dejara de intentar seducirme con aquella estúpida apariencia de ingenuidad y aquellos estúpidos métodos propios de una obra de teatro de segunda categoría. Mis palabras surtieron efecto, aunque no el que yo pretendía: Comenzó a gritar y se arrojó sobre la mesa que yo ocupaba:

—No son tonterías, señor Gálvez. Le amo desde siempre. No puedo más y he decidido entregarme a usted, aunque usted no me dé nada a cambio. Su mujer no se enterará, señor Gálvez. Poséame, poséame, por el amor de Dios.

Los gritos fueron acompañados de un habilidoso gesto que sirvió para que sus pechos quedaran libres de toda sujeción y mi cara sin otra perspectiva que sus pechos. Me tenía acorralado.

—¡Poséame, poséame! —seguía gritando—. ¡Pégueme si quiere, pero hágame suya antes de despedirme de la empresa! ¡No quiero trienios, quiero que me posea, ése será el pago a mi lealtad de tantos años!

Aquella loca me tenía abrazadas las piernas después de haber realizado una brillante pirueta que la llevó de un lado al otro de la mesa. Seguía gritando sin parar. Y yo no sabía qué hacer. Probé con argumentos suaves que no causaron más efecto que un mayor enardecimiento en sus asaltos. Me deshice de ella por la fuerza y subí a la mesa. Tomé un cenicero de cristal de roca y la amenacé con él:

—No sé qué pretende, Amparo, pero estoy harto de este juego. Ya está bien, deténgase.

—Págueme, sí, págueme, pero hágame suya, se lo ruego, señor Gálvez.

E intentó subirse a la mesa para hacerme suyo. Estuvimos así durante un tiempo que se me hizo interminable, corriendo alrededor de la mesa, saltando sobre ella, gritando y forcejeando. Ambos jadeábamos cuando se le cortó la pasión de improviso:

—Bueno, ya está bien. No tengo todo el tiempo para ti. Déjate de tanto teatro y acabemos. En media hora espero a otro señor Gálvez. Ya has tenido bastante número.

—¿A otro señor Gálvez? —pude articular con dificultad.

—Nos ha fastidiado el tío. ¿Es que te crees que con las veinte mil que me das me iba a retirar? Todos os pensáis que las putas nos vamos a enamorar de vosotros en cuanto nos arrojéis una mirada. Venga de una vez. Acaba.

Y se tumbó en el sofá esperando mi llegada.

—Entonces, ¿tú no eres Amparo? —dije expresando mis sospechas.

—Yo soy quien tú quieras, guapo. Pero empieza de una vez.

Por la mitad de la tarifa conseguí salir del embrollo sin verme obligado a poseer a aquella mujer que me había sido tan fiel durante años. Calculé que eso debía ser el equivalente a dos o tres trienios.

El conserje estaba menos servicial que antes de haberle dado los veinte duros.

—Oiga —le abordé—. No era esa la persona a quien buscaba. Ha habido un error...

—No me diga más —me cortó—, usted busca a Wanda la perversa. Mucho cuero, mucho cuero. Una fiera de mujer.

—No, mire. Yo busco a una chica que no se dedica al oficio. Se trata de una que es secretaria de verdad.

—Perversillo... —me contestó con cierta complicidad.

—¡No vengo a eso! —le grité.

—Como todos. Ninguno viene a nada. Así dejan las propinas que dejan. Si dejaran propinas como debe ser, piensan que yo iba a suponer que van a donde van.

—¡Le digo que no! Busco a una señorita por razones de trabajo.

Estaba levantando la voz en exceso. Un hombre maduro de rostro congestionado se dio la vuelta y abandonó el edificio al oírme gritar. El conserje reaccionó terminante:

—Pues si no viene a eso, ¿para qué pide usted información como la que me ha pedido? Si quiere ver a un inquilino normal, pues se acerca usted a los buzones y busca el nombre y el apartamento. ¡Como que voy a estar yo aquí para saberme de memoria los nombres de los vecinos! Déjeme en paz y no grite más.

Tardé sólo dos minutos en encontrar el nombre de Amparo Ansuátegui en los buzones. Al lado del suyo, había otro nombre de mujer. Rojo de ira y de humillación volví a jugar un rato con los ascensores antes de subir al apartamento de la secretaria de Unzueta. Por el camino me juré pedir a todos mis interlocutores futuros la documentación antes de emprender ninguna relación.

Amparo no estaba. Me abrió su compañera de apartamento. No opuso resistencia a mi entrada ni a informarme de su paradero:

—Se marchó esta mañana en un avión hacia Panamá. Me ha dejado tirada con el alquiler del apartamento.

—Perdone, ¿para qué tenía Amparo un apartamento en Madrid? —le pregunté muy extrañado.

—Para verse con él algunos fines de semana. Es un roñoso y no quería gastar más de la cuenta —y señaló una fotografía en la que un hombre de unos cuarenta y cinco años sonreía a la cámara con un hermoso paisaje detrás. Había un cartel en la destartalada casa que asomaba a la derecha: *Gure etxea.*

—¿Se llama Alberto?

Asintió y en un arranque tiró de la fotografía dejando la mitad de ella en la pared. Comenzó a rasgar el resto, pero la contuve:

—Por favor, ¿me podría dar la fotografía? La necesito.

—Encantada. Llévesela. Es una pena que no queden más en la casa. Amparo sólo la ponía cuando él iba a llegar. No le quiere realmente, es sólo una aprovechada.

La dejé maldiciendo a Amparo. En el vestíbulo del edificio,

dos jóvenes de anchas espaldas y grandes orejas intentaban aclararse con el portero:

—¿Que vive aquí Amparo Ansuátegui?

—Hay cosas mejores —les contestaba el otro.

Yo salí a toda prisa del edificio. Me dirigí a mi casa, lugar que se me aparecía ahora como el sueño dorado para meditar.

Al entrar, me sacudió un frío de casa deshabitada. El ruido familiar de la cisterna estropeada y el olor de una bolsa de basura dejada por descuido antes de marcharme de Madrid eran un completo perfecto. En la nevera, un par de yogurts pasados de fecha y algunos envoltorios de papel de aluminio intentaron salir de su encierro, dotados de vida propia después de una larga estancia en el frío.

Pude encontrar un cartón de leche sin abrir y me preparé una buena ración de café con leche instantáneo que me hiciera entrar en calor. Para llenar el estómago, nada mejor que una lata de aceitunas rellenas de anchoa. Una combinación perfecta para acompañar al café.

Me llevé a la cama, sobre una bandeja, el menú completo y me arrebujé entre las mantas. La estufa de butano se puso a crepitar frente a mí. Y Unzueta me sonreía desde su maravilloso refugio sin saber que yo le odiaba. Al lado de la fotografía, la nota que Nekane me dejara en el hotel. Y Sara retumbando en mis oídos. Sara fría y calculadora, Sara llorosa en la bañera, Sara eficiente, Sara celosa. No sabía ya quién de ellas era Sara y eso me mordía en el pecho.

Antes de dejarme llevar por el calor de la estufa y la melancolía por el alejamiento de Sara, llamé a Nekane al hotel. Le dije que no se moviera de allí, que yo llegaría en el primer avión de la mañana a Bilbao.

Tenía el presentimiento de que todo iba a encajar muy deprisa. Casi todas las piezas aparecían cogidas con alfileres en la historia que me estaba reconstruyendo. Unzueta se había marchado después de hacer un desfalco de cuarenta millones. Amparo le había plantado llevándose, previsiblemente, una buena parte de ello. Pero quedaba lo de Alcoriza. Y quedaba Sara.

XVII

Estuve a punto de vomitar la asquerosa naranjada con burbujas que me dieron en el avión. Uno de los periódicos que la azafata me entregó titulaba la primera página con un «Día de San Valentín en Bilbao». Había aparecido el cadáver de Alcoriza, cuya muerte se atribuía a un ajuste de cuentas entre la mafia del transporte. Mortela y su asociado habían muerto en su despacho a tiros y se aventuraba una hipótesis similar.

Conseguí de otro pasajero el periódico para el que trabajaba Patxo Garmendia. El iba mucho más allá, e insinuaba la posible relación de ETA con los asesinatos, señalando el pasado de gestor de impuestos revolucionarios de Alcoriza y su enemistad con ETA militar. Respecto a los otros, la relación quedaba mucho menos matizada. La ligazón entre las muertes de los matones y ETA se establecía por un alambicado razonamiento que incluía las actividades de los dos aprovechándose de la existencia de los etarras, para hacer chantajes por su cuenta.

Me sorprendí por la escasa impresión que me causaba la noticia de ambas muertes, la de Mortela y su compañero. Pasado el primer momento, la mente se me aclaró y el estómago sólo registraba los efectos negativos de la naranjada. La muerte se había desencadenado a mi alrededor, pero tenía una cierta sensación de impunidad, me sentía absurdamente protegido. Estaba en medio del huracán y creía que no me iba a tocar ni un pelo.

Nekane me estaba esperando ansiosa en el hotel. No le había

comentado nada de lo que tenía en la cabeza. Tomamos su coche y le expuse la situación:

—Vamos a buscar a su marido, Nekane.

—¿Cómo le ha encontrado?

—Por una fotografía.

Le enseñé la instantánea que había tomado del apartamento de Amparo. Se le ensombreció el rostro al ver la figura de su marido con el paisaje de Lekeitio al fondo.

—Creo que puede estar allí. En la casa con el letrero.

—*Gure etxea* —dijo con un suspiro.

No volvió a hablar en todo el viaje. Miraba al frente mientras yo conducía, sin atender al paisaje, pálida y reconcentrada en sus pensamientos. Habría preferido que le hubiera dado un ataque de furia a aquella inexpresividad infinitamente más incómoda. Ante mí volvió a desfilar la increíble gama de verdes de los diferentes tramos boscosos que flanqueaban la carretera. La lluvia mansa acentuaba el efecto melancólico que producía el paisaje. Poco antes de llegar a Lekeitio comencé a buscar las desviaciones de la carretera a la derecha para localizar la casa de la fotografía. No pasó mucho tiempo antes de encontrarla. Era un caserío situado en una ladera, al lado de un camino lateral. Un edificio de planta cuadrada rodeado de un prado y algunos árboles pelados por el invierno. Olía a hierba mojada y de nuevo las campanas de la iglesia tocaban para saludar nuestra llegada. De la chimenea salía un ligero hilo de humo.

Unzueta no tenía un aspecto muy bueno. Nos abrió la puerta con la expresión de aquel a quien van a ejecutar en pocas horas. Parecía una caricatura del hombre saludable y vigoroso que sonreía en la fotografía. Llevaba varios días sin afeitarse y parecía no haberse cambiado de ropa en el mismo tiempo. La casa estaba sin ventilar y olía a cerrado. Un pequeño fuego alumbraba la estancia que ocupaba casi toda la planta de la casa, poco iluminada debido a la estrechez de las ventanas.

Nos dejó pasar al interior sin mostrar ninguna sorpresa por nuestra presencia. Casi parecía que nada podía sorprenderle ya. Su mirada era la de un enajenado que ve desfilar el mundo por delante de sus ojos y no se acaba de creer lo que aparece ante su vista. A mí me ignoró de principio. Dejó que nos acercáramos al fuego y lo atizó con un palo antes de enfrentarse a Nekane:

—¿Qué quieres de mí?

—Ya no quiero nada, Alberto, sólo saber qué ha sucedido. Tengo derecho a una explicación de todo esto. Luego, desapareceré de tu vida.

—No hay mucho que explicar, Nekane —dijo con voz arrastrada—, ya lo debes saber todo. Me fui con el dinero y Amparo me ha abandonado llevándoselo casi todo. Luis se quedó con el resto...

Nekane hizo un silencio que pareció eterno. Me ignoró también ella. Parecía que yo era el hombre invisible para ellos. Una escena matrimonial extrañamente serena pero con todos los ingredientes de la ruptura definitiva.

—Luis ha muerto —le informó Nekane con tono estudiado para sorprender a su marido, sin asomo ninguno de sentirlo, sin asomo ninguno de que pensara que su marido lo iba a sentir. Había sido popular aquel hombre. Alberto Unzueta no se mostró, efectivamente, afectado por la comunicación. Se volvió hacia el fuego y estuvo jugando con las brasas, provisto del mismo palo que antes utilizara. El resplandor del fuego acentuaba las sombras de su cara, le daba un aire fantasmal. Se volvió y dijo con toda naturalidad:

—Lo sé. Le maté yo.

Y se volvió al fuego, ensimismado, cada vez más ajeno a mi presencia. Yo casi di un bote al oírlo, pero la propia serenidad en la comunicación de la autoría hizo que la sensación no fuera tan fuerte. Nekane no movió un músculo de la cara. Se irguió un poco más, pero si hubo algún movimiento en su cuerpo o en su interior, fue imperceptible para mí. Tampoco preguntó nada. Unzueta ya no necesitaba que le aguijoneáramos para contar la historia:

—Me intentó matar a mí. Sólo me defendí. Se negó a darme mi parte del dinero. Habíamos defraudado juntos a la empresa, él era quien me proporcionaba los métodos para hacerlo. Pero yo quien corría los riesgos. Estaban a punto de descubrirlo. Desde

Madrid habían iniciado una investigación. Fue entonces cuando aproveché la carta de ETA para fugarme con Amparo y diez millones más. Eso me daba un tiempo de margen para escapar, el tiempo que necesitaba para arreglar los asuntos con Luis y sacar mi parte del dinero. Pero el muy perro se aprovechó de la situación: quiso aprovechar la misma circunstancia para culpar a ETA de mi desaparición y quedarse con todo el dinero, con los cuarenta millones. No había posibilidad de que nadie sospechara de él, porque nunca se le había visto por la empresa y nunca hubo un papel con su nombre por medio. Si yo desaparecía, tenía la mayor garantía de impunidad. Quiso matarme, pero yo desconfiaba de él y me había llevado la pistola encima. Tenía razón. Lo intentó después de haberme dicho que no habría problemas, que me fuera tranquilo a Francia y él se encargaría de sacar el dinero. Me mintió. Yo sabía que el dinero ya estaba fuera. Está en Suiza, y ahora no es posible recuperarlo. Allí se quedará para siempre.

—¿Y por qué liquidó usted a los dos matones? —le pregunté haciendo uso de la palabra por primera vez desde mi llegada.

Me miró como si fuera un marciano, como si no hubiera advertido mi presencia hasta ese momento. Pero no hizo ningún amago de tomárselo a mal. Sólo me preguntó quién era.

—Soy Julio Gálvez. La KBB me encargó que le liberara de ETA. Estaban convencidos de que usted había sido secuestrado.

—¿Saben ya que no? —dijo con tono indiferente.

Yo afirmé con la cabeza e insistí:

—¿Por qué mató usted a Mortela y su compañero?

Esbozó una sonrisa que no era tal. Los ojos seguían vacíos de expresión, sólo las comisuras de los labios hicieron el gesto. Por lo demás, parecía ausente.

—Yo no maté a nadie más. Ni siquiera sabía que había unos matones. ¿Me buscaban a mí?

—Sí —respondí convencido de que no mentía—, le buscaban por encargo de su cuñado. Intentaron que yo dejara de hacerlo. Estaba claro que su cuñado quería encontrarle primero. Quería deshacerse de usted a toda costa por lo que parece.

De nuevo se complicaba toda la historia. Ya se había aclarado por qué Unzueta había desaparecido de forma tan poco ortodoxa y por qué no se había alejado de allí tomando el primer avión para el extranjero. Pero las muertes de Mortela y su socio introducían un nuevo elemento que hacía derrumbarse toda mi anterior seguridad. Yo había concluido que la muerte de Alcoriza era obra de las mismas personas que se cargaron después a los dos matones. Por tanto, había un elemento incontrolado que nos podía resultar peligroso a todos. Si hubiera sido ETA la que se hubiera liquidado a los tres, la racha de muertes podía estar controlada, pero ahora no se podía llegar a ninguna conclusión tranquilizadora. Igual que habían matado a los dos socios podían continuar con el resto de los implicados, es decir, con nosotros. No me entraba en la cabeza la posibilidad de que hubiera otra causa ajena a la desaparición de Unzueta por medio. Habría sido una coincidencia excesiva. Unzueta no podía mentir después de la naturalidad con que había confesado el asesinato de Alcoriza. Aquello era el cuento de nunca acabar.

Nekane estaba menos propensa que yo a hacer deducciones de gran altura. Su vida doméstica, la destrucción de su mundo ocupaban el primer plano de su pensamiento y sus preocupaciones:

—¿Qué significaba Amparo para ti, Alberto?

No dudó en la respuesta. Unzueta estaba tan derrotado como para no intentar defenderse. Después de engañar a su mujer durante años, se desnudaba con impudor delante de ella:

—Mucho, Nekane. Me había devuelto la vida. Yo no esperaba mucho de ella, sólo que siguiera conmigo a cambio de mi cariño y de una situación estable y cómoda. Pero cuando volví de ver a Luis se había marchado con el dinero. Para ella ese dinero era una fortuna, suficiente para largarse sin tener que cargar conmigo. No me dejó ni una nota. La llamé a un apartamento que teníamos en Madrid y allí estaba. No tuvo la menor compasión. Me comunicó que se iba en pocas horas, que era ya imposible que pudiera darle alcance. Me dijo que no quería verse metida en líos, que era joven y podía disfrutar mucho de la vida. Cuando acabó, me deseó suerte. Me deseó suerte...

Otra vez asomó a sus labios la sonrisa vacía. Pero ahora había un asomo de turbación en sus palabras que yo no sabía si atribuir a la humillación de haber sido abandonado o al reconocimiento de la traición frustrada ante su mujer.

Nekane, por el contrario, se afirmaba cada vez más en su nueva faceta de mujer serena y dominadora de la situación. No había en ella debilidad, no había compasión. Sólo, al menos en apariencia, deseos de conocer la verdad, los entresijos de una historia que ya la había hecho padecer hasta quedarse sin sentimientos. Su tono estaba desprovisto de toda emoción:

—¿Qué piensas hacer ahora?

Unzueta se volvió a encoger de hombros y atizó de nuevo las brasas con el palo, cuya punta se iba consumiendo lentamente. Miró primero a su mujer y luego volvió la cara hacia un cojín situado al otro lado del hogar; encima, había una pistola.

—No tengo idea. Desde luego, no quiero ir a la cárcel. A la empresa no puedo volver. No tengo dónde ir. Quizás use ese cacharro. Pero tampoco tengo prisa. No tengo fuerzas ni para suicidarme —y se echó a reír por lo bajo. No tenían nada de cómico los gemidos que emitía, pero sus ojos no mostraban tristeza. Seguían vacíos, como su sonrisa.

La risa paró en seguida, y volvió la cara al fuego. Parecía ser lo único que ya le interesaba en este mundo. Y él parecía dar por descontado que ni Nekane ni yo denunciaríamos su paradero. Nekane, por fin, dio señales de que se daba cuenta de mi presencia:

—Julio, escuche, ¿podría la KBB olvidar este asunto?

—Pienso que, sin los cuarenta millones del desfalco y los diez del rescate, sería imposible. Me temo que le querrán procesar y meterle en la cárcel.

—Pero Julio, la KBB prefiere que no se sepa que ha negociado con ETA. De eso depende la concesión de las nuevas instalaciones frente a la competencia japonesa, ¿no?

Aplaudí en silencio su sagacidad. Era muy probable que tuviera razón. Reconstruí lo que parecía pasar por su cabeza: era muy improbable que nadie sospechara de él por el asesinato de Alcoriza, más aún cuando Mortela y su socio estaban muertos y eran los únicos implicados capaces de no entrar en un juego así. La KBB no haría nada que delatara sus negociaciones con los etarras. Pero yo no estaba dispuesto a consentir que Unzueta se fuera con toda tranquilidad del asunto. Me debía muchos golpes y un empleo mal pagado:

—Nekane —dije con algo de prevención—, yo no pienso mover un dedo por su marido. Es un canalla —ninguno de los dos se inmutó al oírme hablar así—. Deseo que pague algo de lo que nos ha hecho a todos —y le señalé su cara todavía tumefacta.

—Es que lo va a pagar —dijo con la misma serenidad que había mostrado desde nuestra llegada—. Dame la pistola, Alberto.

Unzueta obedeció. Se comportaba con la mansedumbre de un corderito. Yo no podía hacer otra cosa que asistir a la escena inmóvil, incapaz de mover un dedo.

—¿Cómo se dispara? —preguntó Nekane, y Unzueta tomó la pistola y la preparó echando hacia atrás el mecanismo y moviendo la palanca del seguro. Se volvió entonces a mí y añadió—: Espere fuera, Julio.

Fue todo muy rápido. Nekane disparó dos veces. Los gritos de dolor no fueron muy prolongados. Yo, por fin, eché la naranjada con burbujas y entre las lágrimas que se me saltaron por el esfuerzo del vómito vi a Nekane, que salía de la casa, desplomarse.

XVIII

Ayudé a Nekane a enterrar la pistola en el prado que circundaba a la casa. Previamente la despiezamos para evitar en lo posible que en el remoto caso de aparecer se identificara completa. Luego, me despidió:

—Gracias, Julio. Yo me encargo de lo demás.

—No lo entiendo —fue todo lo que yo era capaz de decir.

—Se trata de mi marido —me dijo, y se volvió a la casa.

Me dejó el coche para ir a Bilbao. No me fue difícil dar con Sara. Sólo tuve que esperar sentado en el vestíbulo del hotel hasta que apareció. No me vio de inmediato, lo que me permitió gozar de su contemplación por un rato. Aquella mujer me había trastornado en serio y nada valía para desengancharme de la memoria de sus abrazos. Tomó la llave de su habitación y se dirigió hacia los ascensores. La alcancé cuando entraba en uno de ellos. Hizo un gesto de genuina alegría al verme:

—Has vuelto —sólo dijo eso.

Fuimos a su habitación. No perdí tiempo en plantear mis conclusiones:

—Sara, cómo te reíste de mí aquella noche.

—¿Qué noche? Me he reído de ti muchas noches. Eres tan inútil, tan gracioso…

Me miró con una ternura sólo comparable a la que despliega un clarinetista de jazz cuando mira al batería que hace un solo. Eso mostraba que tenía razón en mis conclusiones:

—No, Sara —dije—, me refiero a la noche que llevabas la capucha puesta. Cuando estabas con tus dos amigos.

Se puso rígida. Las manos volvieron a temblar como la primera noche. Comenzó a dar paseos por la habitación. Tomó un cigarrillo y lo apagó. No se molestó en intentar contarme una mentira:

—¿Cómo lo sabes?

—Es culpa de tus celos —y sonreí al recordar la escena—. Me dijiste, hablando de Nekane, que me encontraba encantador. Nunca habías visto la nota excepto cuando llevabas la capucha puesta. Y la capucha dejaba ver tus ojos.

No me preguntó qué pensaba hacer. Debía estar muy segura de mí. Se mordió los labios, seguramente reprochándose su error. Luego, ella también me sonrió:

—Ahora tendré que irme al otro lado, aunque no vayas a denunciarme...

—Vete, Sara. No voy a denunciarte, pero vete. Si te quedas aquí me sentiría cómplice de lo que haces.

No hubo necesidad de discutir lo que parecía obvio. Sara se acercó a mí y me abrazó. Hicimos el amor despacio, como los amantes que tienen todo el tiempo del mundo. Después, cuando Sara estaba en la ducha, me atreví a preguntarle:

—¿Quién mató a Mortela y el otro, lo sabes?

Por unos segundos sólo se oyó el ruido del agua al caer. Pero me respondió:

—Fueron dos de los nuestros. Andaban buscando a la secretaria de Unzueta. Estábamos detrás de los millones de Unzueta. Los dos matones intentaron sacar las pistolas. No fue una acción premeditada. Los chicos se defendieron. Eso fue todo. Pero no se ha perdido nada con ellos, ¿verdad?

—Yo estoy contra la muerte, Sara.

Salió de la ducha y me salpicó de agua al abrazarme:

—Yo también, Julio. Pero tú no sabes nada de lo que pasa aquí. Los madrileños no podéis entenderlo.

La última frase la dijimos a coro y, a mi pesar, me uní a las carcajadas de Sara. Las carcajadas se le volvieron hipidos y acabaron en un llanto silencioso.

—Si tú has descubierto lo mío, pueden haberlo descubierto otros por medios diferentes. Me tengo que marchar —dijo repentinamente—. He de ir a Donosti antes. Luego, ya no nos veremos en mucho tiempo, Julio.

—Sara —me torturé al hacerle la pregunta—, los dos chicos que mataron a Mortela y el otro, ¿fueron a Madrid?

—Sí. Pero tenían órdenes de no tocarte ni un pelo. Has sido un protegido de ETA. ¿No te parece gracioso?

Me parecía tan gracioso que estuve a punto de estamparle un cenicero en la cabeza. Pero era nuestro último rato juntos y lo dejé. Se vistió otra vez su conjunto negro sin olvidar la cadenita de oro en el tobillo. Con premiosidad hizo el equipaje y me volvió a besar, fugazmente, en los labios:

—He estado muy cerca de enamorarme de ti, *belarrimotza*.

Yo no le dije que me había enamorado del todo. Me limité a hacer una mueca de naturalidad, como si eso me sucediera todos los días. Se volvió y se fue.

Yo fui a mi habitación. Llamé a Patxo Garmendia al periódico. Tenía noticias frescas para mí:

—Ha aparecido Unzueta. Los de ETA le han dado dos tiros en las rodillas. Llamaron a su mujer para decirle dónde le habían dejado, en un monte al lado de Lekeitio. La mujer insiste en que ha sido por no pagar el impuesto revolucionario. ¿No decías que había desaparecido hace días? ¿Qué coño pasa aquí, Gálvez?

—Estaba en un error. No había desaparecido. Sólo se había escondido para no pagar el impuesto. Pero le han debido encontrar. Están muy bien organizados estos tíos.

Me mostró que no me creía, expresando sus buenos deseos de que me sodomizara un pez. Era muy sofisticado este Garmendia. No me importó, porque no tenía más datos que le valieran para estropear la historia fabricada por Nekane.

Me tumbé en la cama con Sara en la cabeza. Y recordé todas sus personalidades. La hija del banquero, la mujer competitiva que sólo pretendía hacerse con una situación privilegiada para realizar su trabajo de comando legal de ETA, la mujer que me había hecho sentir el tipo más idiota del mundo. La mujer de la que me había enamorado. Tuve que levantarme para no agarrar la peor depresión de los últimos diez años. No volvería a ver nunca a Sara. Nuestros mundos no se parecían en nada, estaban separados por un abismo.

Fui a pasear hacia la zona vieja. En el puente del Arenal, una voz familiar me sacó de mi ensimismamiento:

—¡Arrepentíos! ¡Hijos de la ira! Escuchad mi mensaje. Si no escucháis, una tormenta de fuego se abatirá sobre vosotros y vuestros hijos. Euskadi es el pueblo maldito, la hez de la tierra. Pero mi palabra redentora puede aún salvar esta tierra y convertirla en el paraíso. Soy Oier, el hijo de Túbal ¡Escuchadme!

Tardó un rato en darse cuenta que el único transeúnte en pararse era yo. Me miró con sus ojillos astutos y se bajó del pilar donde había buscado una improvisada tribuna. Me dio una palmada en la espalda y me tomó de los hombros:

—Sólo tú me escuchas y a ti te es igual lo que pase.

No buscaba mi consuelo. Lo dijo como un comentario de pasada. Sin soltarme el hombro me condujo a la zona de las siete calles y me metió en la espiral de los potes. A las cuatro de la madrugada, me remolcaba de nuevo, aunque esta vez por Bilbao. Es la hora de las confidencias:

—Sabes, Oier —le dije—, he de confesarte que no entiendo nada de Euskadi.

Me miró con sus ojillos, más penetrantes que nunca, y me apretó aún más con su brazo de oso. El aliento alcohólico me dio en la cara cuando me habló:

—Sabes —y vaciló un poco—, yo tampoco entiendo nada.

Enero de 1983